平安後宮の没落姫

藍せいあ

目次

平安後宮の没落姫

第一章　後宮に桐の木が芽吹く

それは、まだ日差しの淡い初夏の日のこと。咲子はいつものように小高い丘から眼下に広がる穏やかな湖を見つめていた。凪いだ湖はキラキラと太陽の光を反射して輝いている。

今日の海も綺麗、いつ見ても広いなぁ。

今年五つになったばかりの咲子は、この大きな湖を海だと思い込んでいた。水面に船を浮かべたら、遥か遠くにあるという大陸の国にでも行けるのだと信じていたのである。

さわさわと風の鳴る音に混ざって、かすかな泣き声が聞こえてきた。

あれ、誰か泣いているのかな。

誰かいるのだろうかと辺りを見渡してみれば、花を咲かせ始めた桐の木の下で自分よりも少し年嵩の男の子がしゃがみこんで泣いている。絹のような滑らかな衣の裾が土で汚れていた。

「どうしたのかしら？」

咲子は男の子を励まそうと思い、そっとそばに歩み寄ると、優しい声で歌をつむいだ。亡き母が幼い咲子をあやすためによく歌っていた子守歌である。

お願い、どうか泣きやんで。

一度、二度、歌を繰り返すうちに男の子は泣きやんだ。ようやく人の気配に気がついたらしい男の子は、はっと顔を上げて咲子を見た。

「その歌は？」

顔を上げた男の子を見て、咲子は息をのんだ。

とっても綺麗な顔……。

子供の咲子から見ても、とても美しい顔をしている。涼やかな目元は涙に濡れて赤く染まっていた。

咲子は一瞬男の子に見とれてからほほ笑んだ。

「これは、私のお母様が歌ってくれた歌です。私はこの歌を聞くと元気が湧いてくるのです」

「そうか、とてもよい歌だ。あなたのお母様は元気にしているのか？」

「いえ、お母様は昨年亡くなりました」

咲子が悲しい気持ちを打ち消すように凛とした声で答えると、男の子ははっと息をのんだような表情になる。

きっと、この子もお母様を亡くしたんだ……。

男の子の表情を見て、咲子にはその涙の理由がわかった。昨年、春を待たずに死んだ母を思って、咲子もこの場所で散々泣いた後だった。

「顔を上げて、ほら、桐の花が咲いています。私のお母様は、桐の花が好きでした。

私も好きです。下を見ていては、美しい花を見逃してしまいますよ」

どうか、元気を出して。

咲子は祈るような気持ちだった。男の子の悲しい気持ちを和らげようとして上を見上げる。つられてその子も顔を上げた。桐の花が風に吹かれてそよそよと揺れている。瞳に残っていた涙が一滴（ひとしずく）頬を伝い落ちた。咲子は自分の着物の袖で男の子の目元を拭いてあげる。

「私も、お母様を思う時にここにくるのです。広がる海を見れば、遥か遠く、お母様の住む黄泉にすらつながっている気がしますから」

「そうか……」

男の子は眼下に広がる湖を見ると、どこか腑に落ちたような表情になる。咲子の言う通り、母のいる黄泉にすらつながっているような気がしたようだ。

この先に母がいる――そう思うことができたのだろう。男の子の瞳から自然と涙が引くのがわかった。

よかった、泣きやんでくれた。

男の子の瞳に明るい色の光が見えると、咲子は嬉しい気持ちになる。

「私がずっと泣いていると、お母様も悲しむとお父様が言うのです。だから私はもう泣きやむことにしました。悲しい悲しいと思っていても、お母様が帰ってくるわけで

はありません から。思い出すお母様はいつも笑っておられます。だから私は悲しくなるとお母様の笑顔を思い出すのです」

咲子は木から落ちた一輪の花を拾い上げて男の子の手に乗せる。

「花だっていつまでも美しいままではいられません。いつかは朽ちて次に咲く花の糧となるのです。あなたのお母様も、ここで生きていらっしゃる」

咲子は勇気づけるようにほほ笑んで男の子の胸に手を当てた。ドクンドクンと鼓動の音がする。

「そうか、ここにおられるのか――」

男の子は咲子の手に自分の手を重ねてほほ笑んだ。

なんて優しい手なんだろう。

柔らかな手のぬくもりに、幼い咲子の心は小さく震えた。今までに感じたことのない熱い波が咲子の心に流れ込んでくる。自然と鼓動が早くなった。

この人に、笑っていてほしい。

咲子はそんな願いを込めて言葉をつむいだ。

「同じ時を生きていくのなら、笑っていた方が得なのだとお母様は申しておりました。ですから私は、悲しい時も笑っていられるように強くありたいと思うのです」

「素敵なお母様だ」

「はい、あなたのお母様もきっと素敵な方だったに違いありません」

「そうだな、素敵な人だった」

男の子は咲子につられるように笑顔で頷く。それから落ちていた桐の花を一輪取ると、咲子の髪に飾った。そして優しく髪をなでる。

「よく似合う」

男の子がそう言って笑ったので、咲子は胸が高鳴るのを感じた。男の子の笑顔に思わず見とれていると、丘の下の方から女の声がした。

「姫様！　どこにいらっしゃるのですか！」

屋敷に仕える女官の声である。咲子は慌てて立ち上がった。髪に触れていた手が自然と離れる。

「いけない、内緒で来ていたの。もう帰らなくっちゃ、さようなら！」

咲子は男の子に大きく手を振って丘を駆けていく。

「待って、あなたは！」

そう叫ぶ声は咲子の耳には届かなかった。転がるように丘を下ると、父の屋敷に仕えている女官は呆れたような顔で笑っている。

「勝手に抜け出してごめんなさい」

「出かけるのは構いませんが、供のひとりくらい連れていってください。あらあら、またお着物を汚して。毎日のように丘に登っておられますがなにか面白いものがあるのですか？」

　問われて咲子はわずかに頬を赤らめた。

「はい、丘に登ると水面がキラキラと輝いて見えるの。それに、今日はとてもよいことがあったのよ」

「それはようございました。あら、その髪飾り、よくお似合いですよ、桐の花ですか？」

　女官の言葉に、咲子は顔を赤らめる。

「さぁ、戻ったら着替えないといけませんね」

「このくらい平気よ」

　さっきしゃがんだ時に土が付いたのだろう。着物の汚れなど、咲子は気にも留めていなかった。

「だめですよ、今日はお屋敷に旦那様がお帰りになられていますから、特別綺麗になさらないと」

「本当！　嬉しい、お歌を教えていただきたかったの！」

「あらあら、姫様は本当に勉強熱心でいらっしゃること」

「だってとても楽しいんだもの。私も早くお父様のように素敵なお歌を作れるようになりたいわ」

早足で屋敷に戻ると、咲子は仕事から戻って寛いでいる父親の背に抱きついた。

「おかえりなさいお父様！ 咲子もただいま戻りました！」

「こらこらはしたない、まったく、このお転婆は誰に似たものか。母様似の綺麗な髪がぼさぼさになってしまっている」

「だって仕方がありませんよ。お父様がお仕事から戻られているんですもの、嬉しくって！ お父様、お歌を教えてくださいませ、あと一緒に貝覆いもいたしましょう！」

父はほほ笑み、優しい手つきで咲子の髪を梳いた。

「ほら、これで元通りの綺麗な髪だ」

使用人たちはそんな仲睦まじい親子の様子に目を細めた。

「本当に仲のよいこと」

「姫様はどんどんお美しくなられて奥方様に似てこられましたわ。旦那様も可愛さ一入でしょう」

「幼いながら旦那様に似てお歌も本当にお上手で、字もとても綺麗に書かれます。成長されるのが楽しみですね」

この頃、咲子の父は国守として大国近江の国へと赴任していた。体の弱かった母は病勝ちで、咲子が四つになる年に亡くなったが、父はあふれんばかりの愛情を咲子に注ぎ、咲子は真っ直ぐで優しく、心の強い子に育っていた。

近江での暮らしは、琵琶湖の湖面のように穏やかな日々だった。思い返せば、この場所での生活が幼い咲子にとって最も輝く思い出となったのである。ひとつキラリと輝く星のような、淡い初恋とともに。

その年の冬のこと、都で流行り始めた病は近江の地まで広がった。咲子の父も病に倒れ、床に伏す日々が続くこととなった。

「お父様、お加減いかがですか？」

「咲子様、いけませんよ。うつってしまいます」

「でも……」

少しでもお役に立ちたいのに、私にはなにもできない。

父を心配して様子を見ようとすれば、使用人たちに止められる。咲子は自分の無力さを感じ、ますます悲しい気持ちになっていた。

必死の看病が続けられたが、その甲斐なく、父の病状は悪化するばかりで、時間だけが過ぎていった。

「お父様、しっかりなさってください！　お父様、死なないで……」

「姫、私は母様のもとへ逝く。どうか幸せになっておくれ……」

「お父様！　待って、咲子を置いていかないでください。また、一緒にお歌を詠んでください」

「姫様……」

近江での仕事ぶりが買われ、春に都に戻れば今よりも位の高い職を得ていたというのに、多くの人々に惜しまれながら、父は咲子をひとり残して母のもとへと旅立った。

咲子はひとり丘に登り、広がる湖を見ていた。咲子の心を投影したかのように、湖面がゆらゆらと揺れている。

「私はこれからどうなるのだろう……」

押し寄せてくる不安を振り払うように、咲子は涙を拭う。

「お父様、お母様、安心してください。私はもう泣きません」

湖に向かってそう告げると、咲子は丘を下っていった。

父親という後ろ盾を失った咲子はひとり、母方の伯父のもとに身を寄せることになった。

近江を離れ、咲子が住むことになったのは都の南に位置する屋敷だった。春になれば見事な八重桜の咲くその屋敷は人々から八重邸と呼ばれ、屋敷の主（あるじ）である咲子の伯父は八重殿と呼ばれていた。伯父には娘がひとりおり、名を慶子といった。

「大荷物だな。本当に全部必要なものなのか」

八重殿は咲子の荷物を見て眉をひそめた。

「おまえには必要ないものばかりですね。おまえを食わせるのにはたくさんのお金がかかるのだから、ほんの少しとはいえ足しにさせてもらいますよ」

咲子の荷物を見て目を輝かせた伯母は、咲子の母の形見の装飾品や父がそろえてくれた着物を見ながらそう告げると、咲子からすべてを取り上げてしまった。

「そ、それは、お父様が私のために用意してくれたものです！　どうか返してください」

咲子が必死に訴えると、伯母は冷たい目を向けた。

「おまえを食わせるのにはお金がかかると言ったでしょう？　おまえを預かる我が家に貰われるなら、おまえのお父様も本望でしょう」

そんな……。ひどいわ、大切なものばかりなのに。

代わりに咲子に与えられたものは下女が着る粗末な着物ばかり。咲子が近江から持ち込んだ着物や装飾品は、そのまま従姉の慶子に与えられることになった。

「おまえにはこれから我が屋敷の使用人としてきちんと働いてもらう。今はできることも少ないだろうからまずは慶子の身の回りの世話をしろ、年が近い方が慶子も使いやすいだろう」

咲子が着物を着替えるなり、伯父はそう命じた。

「わかりました」

咲子は落ち込んだ気持ちを打ち消すように凛とした声で答える。

「お父様がお元気だったら、このような粗末な扱いは受けなかっただろうに」

「あんなに幼いというのに、お可哀そうな咲子様……」

父が存命ならば、伯父の役職よりも上の職についていたはずである。慶子の気性の荒さを知っていた使用人たちは、従妹であるはずの咲子の扱いがあまりに不当であることを憐れむばかりだった。


八重邸での生活は辛いものであったが、咲子は悲嘆に暮れることなく懸命に日々を過ごし、十七歳の春が来ようとしていた。

持ち前の美しさは日に日に増すばかり、加えて慶子のそばに侍り、その類まれなる才能を咲子自身も気がつかないうちに育てていた。だが、そのやつれようは著しく、身に着けているものもひどくみすぼらしいものばかりであった。

着飾りでもすればどこの美姫だろうかと噂されるであろう咲子の容姿を、慶子は今まで以上に憎むようになり、自然と咲子への当たりも厳しくなる。咲子は慶子や伯母からのいじめに耐える日々が続いていた。

耐えられないくらい辛くなると庭に出て東の空を見上げる。すると、幼いあの日に出会った男の子の顔が自然と頭に浮かぶのだ。

「どうか、あの人はもう泣いていませんように」

自分は辛くても、彼は泣いてはいないかもしれないと思うと、少しだけ心が軽くなる。

遥か遠く、近江の国につながる空を見上げては母の子守歌を歌う。虚しくなる今の自分を、伯母や慶子に屈しないよう必死に支えていた。

「咲、毎日毎日文が届いて返すのが面倒だわ。この文にはおまえが返事を書いておきなさい」

ある日、慶子はそう言って咲子に文を放ってよこした。家柄の悪い男からの文である。聞こえのよい殿方には香を焚き染めた上等な紙に、渾身の歌を添えた文をしたためる慶子であったが、つまらないと思う男にはろくに文を返していなかった。

「私などが書いてもよろしいのでしょうか？　慶子様宛のお手紙なのでは」

普段はご自分で書かれるのに、私が書いてもよいなんてどういうことだろう。

慶子の意図がわからず咲子は困惑した。

「えぇいいのよ、私には釣り合わないのだから。よろしく頼むわ、ぜひよい文を書いてちょうだい」

慶子がそう言って文を投げ渡してくる。

「どのような内容でお返ししたらよいでしょうか？」

「そうね、おまえがよいと思うように書いてみなさい。この紙がちょうどいいわね」

「わかりました、よい文を書いてお返ししておきます」

咲子は仕方なく慶子がよこした粗末な紙に歌を書くことにした。

「咲子様はろくに字の勉強もしていないのだから困っているんじゃないか？」

「それが慶子様の嫌がらせなのだろうよ。文を上手に書くことができなかった咲子様を罰するおつもりなのだろう。本当に意地の悪いお方だ」

使用人たちがささやき合う声は咲子には届いてはいなかった。慶子の意図がわからぬまま、咲子は一通の手紙をしたためたのである。

周りの予想に反し、咲子の書いた文を受け取った男は他の誰よりも慶子に熱を上げた。八重邸の慶子殿は文字も歌も素晴らしい、粗末な紙すら逆に趣を感じると評判になったと聞いて、咲子は慶子に恥をかかせずに済んだとほっとしていた。だが、当の慶子は眉を吊り上げた。

「咲！　おまえはなんてことをしてくれたの！　さてはおまえ、自分では歌が書けないものだから私の作った歌を盗んだのね！」

咲子に歌など詠めるはずがないと思い込んでいた慶子は、咲子が自分の歌を盗んだのだと思ったようである。

「滅相もございません！」

「嘘をおっしゃい！　そもそもあんな男の歓心を買ってしまうなんて、おまえは本当に使えない！　歌を盗んだばかりか、まともに私が頼んだ仕事もできないようね。誰がきちんとした文を返せと言いましたか！　私があんな男を相手にするわけがないでしょう！　咲、あんな男はおまえにくれてやるわ」

慶子はそう言って咲子をひどく叱りつけた。

歌を盗んでなどいないが、慶子の気分を害したのは事実である。咲子は素直に謝った。

「申し訳ございません、慶子様」

「いいわ、きちんと罰を与えますから、覚悟なさいね」

珍しく慶子はすぐに怒りを鎮めた。代わりににやりと不気味な笑顔を浮かべている、なにか思いついたのだろう。罰を受けることには慣れていた咲子であったが、慶子の表情が気になった。

「今夜は私の部屋を使いなさい」という慶子の命令で、咲子は慶子の部屋で休むことになった。慶子は伯母の部屋で眠るようである。いつも硬い板の間で眠っている咲子は、幾年ぶりかに眠る柔らかな布団に慣れず、なかなか寝付くことができなかった。

深夜、月が空を渡っていくのをぼんやりと眺めて時間を過ごしていると、なにかが忍び込んできたような気配がした。盗人だろうか——必死で恐怖を押し殺し、目を凝らして姿を確認しようとしていると、突然大きな手で肩を掴まれる。


誰!?


咲子は叫ぼうとしたが恐ろしさで体が震えて声が出せない。

「慶子殿、先日は素晴らしい歌をありがとうございました。あなたも私のことを想ってくださっていたのだと、返事を待つ時間が惜しくて忍んできてしまいました。お慕いしております」

体を押さえつけてくる人影が耳元でそうささやいたので、文の男が夜這いに来たのだとようやく気がついた。なにをされるのか理解が追い付かず、恐ろしくてたまらなくなった咲子は必死に抵抗した。

「人違いです、私は慶子様ではございません、どうかお赦しください」

「今更なにを恥ずかしがっておられるのです。想い合う仲ではございませんか」

男は咲子の手足を押さえつけ、着物の隙間から手を入れようとしてくる。

「誰か、助けて！」

そう震える声で叫んだところで誰かが助けに来てくれるはずもない。これが、慶子が思いついた罰なのだろう。

咲子は必死にもがいて外に逃げ出すと、馬屋に逃げ込んで夜を明かした。もう少しで男の手が肌に触れるところだったかと思うと、恐怖で体が震える。咲子は自分の身を守るように両腕で体を抱きしめた。男に掴まれたところから恐れが染み込んでくるようで吐き気がしてくる。伯母や慶子からの折檻で感じるのとは違う、初めて感じる類の恐怖だった。

明け方、男の気配が消えてから、咲子は音を立てないよう静かに庭に出て空を見上げる。白みかけた朝焼けの空では、ぼんやりとした月が優しく輝いていた。

「怖かった……」

気がつけば歌を口ずさんでいた。幼い日に母が歌ってくれた子守歌――。

「もうすぐ夏が来るわ、あの桐の花は咲いているかしら――」

咲子は遠く離れた近江の地を思った。同時にあの日泣いていた男の子のことも思い出す。その時に覚えた胸の高鳴りも一緒に。

どうか、あの子の涙が止まっていますように――。

そう願わずにはいられない。あれから何年も経ったのだ、あの美しい男の子はすでに元服(げんぷく)して立派な大人になっていることだろう。咲子はあの日見上げた美しい空を思った。

「もう一度、あの人に会いたい……」

顔を上げなくては、笑わなくては——。そう思って自分を奮い立たせようとしたが、この夜の咲子には空元気を出す気力すら残っていなかった。

桜の木で蝉が鳴き始めた初夏のころ、伯父は慌てた様子で八重邸に戻ってきた。

「慶子、喜べ！　朝廷からおまえを入内させたいと連絡があった。すぐにでも支度をしなさい」

「本当ですかお父様！」

十九歳になる慶子は、都でも噂が立つほど美しい姫に成長していた。朝廷から入内の声がかかるのも自然なことである。寧ろ遅すぎるくらいだと、八重殿も慶子自身も大層喜んだ。

「なんでも、この八重邸に美しい声の娘がいると噂になったそうなのだ。どこかでおまえの声を聞いた公達が噂を広めたに違いない」

「あぁ、心当たりがありすぎてどなたが仰ったのかわかりませんわ。嬉しいことでございますね」

「早まっておまえを中納言などの嫁にやらなくて本当によかった。幸いなことに瑛仁帝は帝になられて日も浅く、まだ子がおらぬ。左大臣の娘などが形ばかりの妃になってはいるが、女にひどく真面目な方でなかなか妃を迎えないことで有名な帝だ。それがおまえの美しさを耳にして手にしたくなったのだろう。長く左大臣に取り入って機嫌を取ってきたがこれは好機だ、おまえは世継ぎを産み、わしは帝の外戚となる。左大臣も右大臣も蹴落とし、太政大臣に、ゆくゆくは摂関になるかもしれない、これは歴史に残る大出世だ！」

伯父はいつになく上機嫌であった。慶子は目を細めて咲子を見る。咲子は悪い予感がした。

「咲、おまえも私の侍女として一緒に後宮にいらっしゃい。屋敷に残ってもおまえは大した役には立たないし、これからも私の世話ができるなんて嬉しいでしょう？　おまえには私が帝に寵愛されるさまを見届けてもらいましょうね。後宮はおまえなどとは縁遠い世界、そこで後に皇后となる私の世話ができるなんて光栄なことよ、皇子が生まれたらおしめくらい替えさせてあげるわ。大いに感謝してちょうだい」

「皇子などと気が早いな」

「あら、意外とすぐかもしれませんわ」

親子は声を立てて笑い合った。

悪い噂を立てぬためにも朝廷から賜った女官に今のような我がままを言うわけにはいかない。その点、子飼いの咲子は慶子にとって都合がよかった。咲子はどんなにぞんざいに扱われても泣きつく相手がいないのである。咲子に対しては、今までのようにふるまえると思い、慶子は機嫌よく入内の準備を進めていたのである。

瞬く間に入内の日となり、咲子は慶子とともに内裏へと足を踏み入れた。八重邸などとは比べ物にならないほど豪華な造りの御所に、慶子は目を輝かせているようだ。

「これから帝が私にお会いになってくれるのよ。おまえは部屋に戻って荷でも解いていなさい。帝はおまえのような下賤の者が会えるようなお人ではないのだから」

慶子が帝と対峙している間、荷を運んでいた咲子はすれ違う女官たちがそわそわと落ち着きがないことに気がついた。

「今日は新しいお妃様がいらっしゃったから珍しく帝が後宮を訪れているそうですね」

「えぇ！　お見かけしましたよ、相変わらず麗しいお姿に思わずため息が漏れてしまいました」

「羨ましい、私も一目でいいからお見かけしたいわ。どのようなお姿でしたか？」

「すらりと背が高く、目元も大変涼やかなのです。まるで絵巻物から出てきたような美しさでしたわ」

「そんな方に声をかけられたら、嬉しさのあまり気を失ってしまいそうですね」

「本当に！　お妃様たちが羨ましいわ、私も帝の目に留まりたい」

「私たちのようなただの女官では無理ですよ、せめてかぐや姫のように美しくないと」

噂には聞いていたけれど、瑛仁帝は大変な美丈夫らしい。

しかし、咲子の心を掻き立てるのは、美しいという帝ではなく、思い出の男の子だった。

きっとあの人も、美しい男の人になっているのでしょう。もしかしたら、この都のどこかにおられるかもしれない。だけど、このようにみすぼらしい私では、恥ずかしくて会うことなんてできないわ。

慶子は後宮、七殿五舎のうち東の昭陽舎（しょうようしゃ）、通称梨壺（なしつぼ）に住まうことになった。

「弘徽殿（こきでん）も承香殿（じょうきょうでん）も空いているというのに、どうして私がこのような場所に住まなければならないの」

入内早々、慶子は機嫌が悪かった。自分の住まいが帝の寝所から遠いということもあるだろうが、帝がわずかな謁見だけで慶子を梨壺に帰したことが気に入らないらしい。父親の身分を考えるなら自分の部屋を賜っただけでも光栄なことであるのだが、気位の高い慶子の意に適うはずもなかった。

「いったいどうしたのでしょうね！　帝はわざわざ望んで迎えた妃の顔もろくに見られないほどお忙しいのかしら？」

慶子の問いかけに、近くに侍っていた女官は困ったような表情を浮かべた。慶子は女官たちを睨んでいたが、朝廷より賜った女官を怒鳴りつけるわけにはいかないと思ったのだろう。どの女官が誰の娘であるのかまだ把握できていないのである。怒りの矛先は自然と咲子へと変わった。

「咲、なにか思うところがあるようね、遠慮せず言ってみなさい」

いつものことだ、なにか面白くないことがあると、咲子に当たり散らして憂さを晴らすのである。かと言って後宮に来て早々咲子を怒鳴り散らすわけにもいかないと、優しい声で尋ねてきたが、その目は少しも笑っていない。

慶子様は帝に思うように構ってもらえず腹を立てているんだわ。どうしたらなだめることができるかしら……。

咲子は悩みながらも言葉を返した。

「失礼ながら申し上げますと、帝はお恥ずかしかったのではないかと思います」

「恥ずかしいですって！　なにがよ！」

「はい、あまりにお美しい慶子様を前に、照れてしまったのではないでしょうか」

そう答えると、慶子は少し機嫌をよくしたようで、ふんと鼻で笑った。

「そうね。別に今お会いできなくてもいいのよ、閨（ねや）にさえ呼んでいただければよいの。そうすれば私の魅力をわかっていただけるわ」

慶子の癇癪（かんしゃく）がおさまったことに、咲子を始め、他の女官たちも安堵した様子を見せた。

だが、いつまで経っても一向に帝からの声が慶子にかからない。日に日に慶子の苛立ちは募っていくようだ。女官たちの話によると、どうやら慶子を苛立たせるのは帝だけではないらしい。

「梨壺に入内された女御は実に美しい下女をお連れだ。実家からお連れになったのだそうで、後宮にまで連れてくるほどよくできた女なのでしょう」と、行事などで顔を合わせる公達たちが慶子ではなく咲子を褒めるのがなにより面白くないのだろう。

私は極力目立たないようにしておかなければ……。

咲子はそう肝に銘じた。慶子は帝の声がなかなかかからないことに加え、自分よりも目立つ咲子のことが気に入らないのだろう。入内当初は大人しくしていた慶子であったが、憂さを晴らすために次第に実家にいたころのように咲子をいびり始めた。おかげで咲子はどの女官よりも忙しく働かされることになったのである。

咲子が後宮に足を踏み入れてから一月ほどが過ぎた頃、慶子が入内して初めての大きな宴が開かれることになった。

「今回の宴には珍しく帝も参加されるそうなの、しっかりと着飾って帝の目に留まらなくてはいけないわ！　咲！　新しい着物を用意しなさい！」

「わかりました」

宴には女御たちだけでなく、帝も出席されるとのこと。帝のお目通りのない慶子はここぞとばかりに飾り立てたのである。咲子はその準備で新しい着物に香を焚き染めたり、慶子の髪を梳かしたりと駆け回らされた。咲子の頑張りによって、慶子は見る見るうちに美しく着飾られていく。

「咲、いいわね！　目立たないよう私の後ろに控えていなさい。みすぼらしいおまえがでしゃばったりしていると私の美しさも台無しよ！」

「わかりました、私はお邪魔にならぬよう隅の方におります」

「目立たないところにいるからって怠けたりするんじゃありませんよ、私の言うことはすぐに聞きなさい」

宴が始まり、美しく着飾った慶子のそばに咲子も質素ながらも小綺麗にして侍っていた。慶子は自慢の歌を披露し、上機嫌であった。

「梨壺様は歌がお上手なのですね」

女官たちから褒められ、満足げな笑みを浮かべた慶子は、そばにひっそりと侍っていた咲子に視線を向けた。咲子に恥をかかせることを思いついたようである。

「ほら、咲、おまえもひとつ歌を詠んでごらんなさいよ」

「いいえ、私は歌など――」

「あら、謙遜なんかしないでちょうだい、私の付き人なら歌のひとつでも詠めないと恥ずかしいわ」

慶子様はどういうおつもりだろう。また恥をかかせるつもりだろうか。だけど、梨壺付きの私が歌のひとつも詠めないとなると、慶子様の教養を疑われるかもしれない。

「ほら、早くしなさい」

慶子がそう促してくるものだから、咲子は仕方なく青々と茂る新緑を見上げて一句詠む。咲子の凛とした声が辺りに響く、初夏を歌った爽やかな歌は慶子が詠んだものよりもずっと優れていた。

「素晴らしい！」

それを聞いた女官たちは咲子を褒め、その主である慶子のことも褒めたが、慶子は驚きのあまり、困惑した表情になった。咲子が歌を詠めるとは思っていなかったのだろう。

「梨壺様のもとにはこんなにも歌の上手な女官がおられたとは、容姿も大変お美しいですし、今まで隠れておられたのは奥ゆかしさの現れですね。素晴らしいですわ」

「え、ええ……。これには幼い頃から私が歌を教えましたから、このくらいできて当然ですわ」

「まぁ、さすが梨壺様ですね」

歌などひとつも教えていないというのに、慶子はどうにか咲子の歌を自分の手柄にすると、作り笑いを浮かべていた。

しまった、きちんと歌を詠んではいけなかったのだわ……。

咲子は慶子の不機嫌な様子を見て後悔した。

「梨壺の女御のところにいる下女のお話を聞きましたか？」

「もちろん、なんでも大層美しい娘だとか」

「その上、先日の宴では見事な歌を詠んだそうですよ」

「それは一度拝見したい」

その日、結局帝は宴に姿を見せなかった。その上、宴を機に、梨壺に歌の上手な美貌の女官がいるらしいと、咲子は一躍時の人になったのである。大勢の人の前で咲子に恥をかかせてやる腹づもりであった慶子としてはひとつも面白くなかったのだろう。噂を聞けば眉を吊り上げ、咲子に無理難題を出すものだから咲子は困ってしまった。

咲子の噂はあっという間に後宮に広がり、ぜひ一緒に歌合せを――といった類の誘いが頻繁に来るようになった。当然慶子はこの噂に焦りを感じたようだ。噂が帝の耳に入り、自分よりも早く咲子がお手つきになったりでもしたら、たまらないとでも思ったのだろう。

「帝が私に声をかけないのはどういうことかしら！　きっとおまえのせいよ、おまえみたいなみすぼらしい下女を連れているせいだわ。この前の宴といい、私の邪魔ばかりして本当に目障りね！　今日からこの頭巾を被って過ごしなさい。そうすれば、その見苦しい顔も少しはすっきりするでしょう！」

咲子はそう言う慶子に尼のような布を被せられてしまった。

頭巾を被らされるなんて恥ずかしい。でも、慶子様が癇癪を起こすと他の女官たちにも迷惑がかかる。私が、我慢すればいいだけよ、仕方がないわ。

「梨壺の女御、そちらの娘はどうしてそのような頭巾を被っているのですか？」

周りの者たちは不思議そうな顔で咲子を見た。

「この子は鈍くさいから火鉢で火傷をしてしまったの。とてもひどい火傷だから、見られるのが可哀そうで、ねぇ咲」

そう言って楽しそうに答える慶子のことを、咲子は気に留めてなどいなかった。慶子の神経を逆なでしないのであればそれでいい。

すっかり顔が隠れてしまったことで、咲子の容姿を褒めそやしていた公達たちは咲子のことなど目にも留めなくなった。あんなにしっかりと顔を隠さなければいけないほどの火傷ならば、とてもではないが見られた顔ではないだろうと憶測したのだろう。

咲子にはその方がありがたかった。

だが、一方で一緒に働く女官たちは咲子の奇妙な白い頭巾を見ては陰で笑うのである。優れた歌を詠む下女という咲子への評価は煙のように消えていた。

「見てごらんなさい、あの娘は頭巾なんか被ってどうしたのでしょうね」

「なんだか着物も薄汚れていて滑稽ですよ、見苦しい」

「本当に、なんてざまでしょう。私だったら恥ずかしくて実家に戻ってしまいますよ」

女官たちが咲子を笑うのが、慶子には面白くて仕方がなかったようである。帝から声がかからぬ憂さを、今まで以上に咲子をいじめ抜くことで晴らしたものだから咲子への風当たりはいっそうひどくなった。慶子にいじめられている弱い立場の咲子は、後宮の女官たちの間においても格好のいじめの的となったのである。

「梨壺の女御からのお使いでお願いしていたお香を受け取りにきました」

「あらおかしいですね、そんな話は聞いていませんよ」

首を傾げる女官に咲子は困ってしまった。

「先日確かにお願いしたはずです」

「記憶違いではございませんか？　そのようなものは頼まれていません」

大変、慶子様になんて伝えよう。きっとひどくお怒りになられるわ……。

頼んだはずの香がないという。このままでは慶子の機嫌がまた悪くなることだろう。

咲子は頭を抱えた。

「では、大変申し訳ないのですが、麝香を用意しておいてください」

「えぇぇ、今度用意しておきますから早く梨壺にお戻りなさい」

女官に追い払われ、梨壺に戻ると、咲子は「申し訳ありません」とひれ伏した。

「香を頼み忘れていたですって！　今夜帝に呼ばれたらどう責任を取るつもりなの、咲！」

「申し訳ありません」

「謝れば済むとでも思っているの！」

慶子は持っていた扇をいつものように咲子目がけて振り下ろす。何度か咲子を激しく叩くと、慶子の怒りはいくらか落ち着いたように見えた。

このように慶子からの指示を邪魔されることや、わざと衣服を汚されることなど日常茶飯事のこと、そうなると今度は慶子にひどく叱られ、罰を与えられた。咲子の体には日に日にあざが増えていく。その数は八重邸にいたころよりもずっと多かった。

後宮はまさに針の筵であった。

それでも咲子は悲嘆に暮れることなく、ただひたすらに黙々と仕事をこなす日々を送った。

私が悲しい顔をしていると、お母様もお父様もきっと悲しむから――。

そう思い、辛い日々も強くあろうと必死に耐えていたのである。

ある日、咲子が慶子の命令で花を摘みながら庭の掃除をしていると、茂みの中から幼い男の子が飛び出してきた。結い上げた髪の毛や上質な着物のところどころに葉っぱをくっつけている。

「ねぇ、この子の治療をして！」

咲子が男の子の差し出した手のひらを見ると、小さな鶯（うぐいす）が乗っていた。烏（からす）にでもつつかれたのだろうか、痛々しい傷があり、羽根に血がにじんでいる。

とっても苦しそう……。

「可哀そうに、怪我をしているのね、今手当をいたします」

咲子は男の子の手から鶯を受け取ると、自分の着物を裂いて包んだ。

「傷口を洗って、温めてあげましょう」

「ありがとう！」

どうか、元気になって……！

咲子は手際よく傷口を水で洗い、傷の手当を始める。

「綺麗な鶯ですね、あなたの飼い鳥ですか？」

「違うよ、私は見つけただけ。向こうの茂みに落ちていたんだ」

「そうですか、飛べるようになるまでにはもう少し時間がかかると思います。治るまで私が面倒を見させてもらってもよいですか？」

「いいの？」

「もちろんでございます」

咲子がほほ笑むと男の子はにっこりと笑った。

「あなたは誰？　誰に仕えているの？」

「私は咲子と申します。梨壺の女御、慶子様にお仕えしています」

「あぁ、あの癇癪持ちの梨壺様か。私は千寿丸、小鳥を助けてくれてありがとう咲子殿。それでは私は戻ります」

千寿丸と名乗る男の子は安堵した様子で咲子に鶯を預けると、庭の向こうへと駆けていった。

「まぁ、元気なこと」

咲子は鶯を隠すのに安全な場所はないかと探し回った。慶子は大の動物嫌いなのである。見つかれば捨てられてしまうだろう。どうにか雨風をしのげる場所を見つけると、咲子は着物で包んだ鶯をそっと置いた。

「また様子を見に来るから、じっとしていてね」

鶯にそう声をかけると、箒を片付け、集めた花を抱えて梨壺に戻る。束ねた花を慶子のもとに持っていくと、慶子はジロリと咲子を見てから興味なさそうにそっぽを向いた。

「なあに、そんな花なんかいらないわ。牛車(ぎっしゃ)を引く牛にでも食べさせたらどう？　そうよ、おまえにはこの美しい梨壺なんかよりも牛舎(ぎゅうしゃ)の方がずっとお似合いだわ」

　慶子の言葉に、他の女官たちはくすくすと笑ったが、咲子は気にも留めず言われた通り花を牛舎へ運んだ。

　大丈夫、こんなのいつものことじゃない。

　自分にそう言い聞かせる。それよりも怪我をした鷺のことが気がかりだった。急いで庭に戻ると鷺の様子を見に行く。着物の切れ端に包まれ、すやすやと眠っているのを見て咲子は安堵した。

　それから、仕事の合間に鷺の様子を見る日々が数日続いた。咲子の看病のおかげで鷺は日に日に元気を取り戻し、傷ついた部分には羽根が生え、もうすぐ飛べるのではないかと思われるほどに回復していた。

「もうすぐ飛べそうね」

　咲子が嬉しそうに鷺を眺めていると、背後に誰かが来たような気配がした。

「咲、そんなところでなにを怠けているの」

　振り返ると慶子がこちらを覗き込んでくる。咲子は慌てて鷺を隠そうとしたが、遅かった。

「まぁなんて汚らしい！　そんな汚い鳥を私に隠れて飼っていたなんて！　早く捨て

なさい」

「ご容赦下さい、怪我をしていたのです。もう少しで飛べるようになりますから！」

「知ったことですか！　私は鳥が大嫌いなのよ！　知っているでしょう！」

慶子は足を払うようなしぐさをして、鶯を蹴とばそうとした。咲子が慌てて鶯を守るように覆いかぶさると、腹部に鋭い痛みが走る。慶子の足が咲子のわき腹を蹴り上げていた。

「痛いじゃない！　足に怪我をしたらどうしてくれるの！」

慶子が叫ぶと、鶯は驚いたようにバタバタと羽根を羽ばたかせた。そのまま飛び上がり、清涼殿（せいりょうでん）の方へ向かって飛んでいく。

咲子はその姿に安堵して「よかった、飛べるようになったのね」とつぶやいた。

「なにがよかったものですか！　咲、私の足を見なさい。傷がついていたらただじゃおきませんよ！」

慶子の足には傷などありはしなかったが、慶子の癇癪はおさまらない。

「咲、罰として明日の夜まで食事は抜きよ。今夜は寝ずに庭で草でもむしっていなさい！」

そう言い放ち、咲子をもう一度蹴り上げるとようやく腹の虫がおさまったのだろう。踵を返して部屋へと戻っていった。

翌日、梨壺に帝からの使いが訪れたが、咲子は罰として荷を運ぶ仕事を押し付けられていたので梨壺にはいなかった。

「こちらに帝の鶯を手当した者はおりますか？」

「鶯でございますか？」

鳥嫌いな慶子は眉をひそめた、だが使いの者が続けた言葉を聞いて、ぱっと表情を明るくする。

「そうです。先日帝の飼っている鶯が誤って逃げてしまいまして。長く見つからなかったのですが、昨日こちらの梨壺の方より飛んで戻ってきたのです。どうやら傷を負っていたようで、それを手当したような跡がありました」

咲子が隠していた鶯に違いない、そう思いついた慶子はにっこりと笑みを浮かべる。

「えぇえぇもちろん存じております。それは私が見つけて、私が一生懸命に世話をしていた鶯ですわ。昨日飛んでいってしまってとても心配していたのです。無事に帝のもとに戻り安心いたしました」

「そうでございますか。帝が褒美を贈りたいと仰られておりました。なにかご入用のものがございますか？」

問われて慶子はいくつかの調度品と新しい着物を所望し、最後にこう付け加えた。

「鶯の様子も見たいですわ。どうか近々閨にお呼びくださいと帝にお伝えください」

「承りました」

　これで近いうちに帝に呼ばれることだろうと慶子は上機嫌になった。仕事を終えて戻ってきた咲子に「咲、髪を梳かしなさい。一度でも櫛にひっかけたりでもしたらその爪を剥いでしまいますよ」と命じ、うっとりとした表情で鏡を覗き込んでいた。

　ある夜のことである、咲子は梨壺の庭に出て小さな月を見上げた。月は厚い雲に見え隠れする。

「あの月は、きっと幼い日に見た月と一緒――」

　そう思うとずっとこらえていた涙がこぼれ落ちた。涙ながらに歌を口ずさむ。母の歌ってくれた歌だ。

　二度、三度、心が落ち着くようにと何度も繰り返し歌っていると草を踏む音が聞こえた。月が雲に隠れると辺りは暗くなり、人の気配はあっても姿は見えない。

　怖い……。でも、梨壺に誰が訪れたのか確かめなくちゃ、ここで逃げてはいけないわ。

　雲の切れ間に月が現れ、辺りを明るく照らすと咲子は涙をぐっとのみ込んで闇を睨んだ。

「夏の日の――」

咲子がじっと睨んでいると、心地よい低音の声が響いた。男の声である。

男の人が後宮にいるなんて、帝と血縁関係のある殿上人かしら——。もしも危険を顧みず慶子様のもとに通おうとするならば、追い返さなければならない。

いつかの夜のような恐怖がよみがえってきたが、咲子は勇気を振り絞り、声を殺して問いかけた。

「どなた様でしょうか」

答える声はない。

尋ねたところで答えるはずはないわよね……。

咲子は小さく息をのむ。だが、男は答える代わりに歌を詠んだ。

「夏の日の　桐の下陰風過ぎて　水面に響く幼子の歌」

その歌は……！

咲子の脳裏に近江の夏の日がよみがえる。美しく晴れ渡る空、花の咲き誇る桐の木陰、眼下に広がる穏やかに輝く湖——。

夏の日、花の咲く桐の下で悲しむ男の子を元気づけたくて子守唄を歌ったこと。そんなことを知っている人は、ひとりしかいない。

もしかして、もしかして、あの人なの……？

「やっと見つけた、桐花姫——。ずっと、あなたを探していた——。愛しい姫……。

必ず迎えに来る、だから待っていてくれ」

咲子が近江のことを思い出して目頭を熱くしていると、男の声が咲子の耳に届く。

「あなたは――！」

あの人に違いない、夏の近江で出会った美しい人――！

だが、咲子が駆け寄ろうとした時には、もうそこには誰の気配もなかった。男は霧のように消えてしまったのである。月は再び雲に隠れ、辺りは暗闇になった。

私も、お会いしたかった……ずっと。もしかしたら幻であったのかもしれない――。

咲子は夢を見たのだと思った。辛い日々にあって、生きる希望は幼い日の記憶だけ。咲子にとって最も輝かしい記憶――それは、近江での日々だ。そこで出会った美しい男の子へ抱いた淡い憧れは、咲子の心の中で小さな星のように光を放ち、苦境にある咲子を支え続けていた。

「もしも、もう一度彼に会うことができたら……」

二度と会えないことは咲子にもわかっていた。このような場所に彼の人がいるはずはない。ただ、願いを持つことが生きる希望になっていたのである。

幻でもいいからもう一度会いたいと、咲子は強く願った
あくる夜、慶子のもとに帝の使いが訪れた。ついに帝から慶子に声がかかったので

ある。喜ぶ慶子にあれこれ命じられ、咲子は慶子を着飾ることになった。

「さぁ、しっかり香を焚き染めなさい！　髪もしっかりと梳かすのよ！」

咲子は慶子の支度で目が回るほどに忙しかった。すっかり支度が終わると、鼻が曲がりそうなほど麝香の香りが焚き染められた衣をまとって、意気揚々と梨壺を出て行く慶子の姿を見送った。

よかった。これで慶子様の機嫌も少しはよくなるかもしれない。

これで帝の寵愛を得ることができれば、慶子の機嫌もよくなるだろう。咲子はそう胸を撫でおろすと同時に、昨夜庭で聞いた声の主のことを思い出すと心が落ち着かなかった。

幻だって、わかっているのに……。

夢だと、そう思えば思うほど、その声を鮮明に思い出すことができた。記憶にあるものではない、初めて聞く声だった。

翌朝、夜が明ける前に梨壺に戻ってきた慶子の機嫌は今までにないくらい悪かった。どうやら昨夜はなにもなかったようなのだ。

「帝は相変わらずお美しい人でしたとも！　ですが殿方としてはどうでしょうね。寝間着姿の私を前に、『少し話を聞きたい』と仰って、この私が少し身の上話をしたら『もうよい』と言って梨壺に帰してしまわれたのよ！　なんのために私を閨に呼んだというのか！」

慶子は檜扇を投げ、香炉を蹴とばし、しまいには咲子をひどく叩いた。

いったい帝はなんのために慶子様を呼んだのだろう……。とにかく慶子様をなだめないと、このまま暴れていると大きな怪我をしてしまうかもしれない。

「慶子様、あまりに暴れてはお体に障ります。怪我でもなされたら——」

咲子は暴れる慶子を必死になだめようとした。

「えぇいうるさいわね！　本当におまえは可愛げがない！　それで私の心配をしているつもりなの！　腹の中では私をあざ笑っているのでしょう！　えぇい本当に忌々しい！　可愛げの欠片もない醜い顔だわ！」

「慶子様、どうかおやめください！」

慶子は投げた扇を手に取ると咲子を激しく叩いた。おかげで咲子の手や顔には赤黒いあざができた。

「これで少しは見られる顔になったでしょう！　あぁ、本当に腹が立つ。咲、水が飲みたいわ、もたもたしていないで早く汲んできなさい！」

慶子に命じられて水を汲みに部屋を出た咲子は瓶の中に映る自分の顔を見てため息をついた。

「ひどい姿……、なんて醜いんだろう。こんな形ではみんなに笑われて当然だわ……」

咲子は思わず弱音を吐いた。美しかった母に似てはいるが、傷だらけでやつれた自分は随分とみすぼらしい姿である。

今の自分を見たら、母も父も嘆くかもしれないと思うと悲しかった。

これで少しでもましにならないかしら……。

手拭いを濡らして、顔を冷やす。母からもらった容姿である。母のように美しくありたかった。

胸に手を当てると、ドクンドクンと、確かに脈を打つ音が聞こえた。

「ここにいる。お母様も、お父様も。そして、あの日出会ったあの人も――」

だから、泣いてはだめ。

水を汲み終えた咲子は大きく深呼吸をして瞳に強い光を宿すと梨壺へと戻っていった。

清涼殿に坐した帝は頭を抱えていた。一昨年帝位についたばかりのこの帝、諱(いみな)は千暁(ちあき)という。

「おうい、いつになく難しい顔をしてどうした。昨夜は珍しくお楽しみだったんじゃないのか？」

現れたのは若くして近衛中将(このえちゅうじょう)に上り詰めた男である。母は千暁の乳母(めのと)であり、幼い頃より千暁と兄弟のように親しく育ち、千暁は彼を龍と呼んでいた。巷では龍の中将と呼ばれている。

「違ったのだ」

「違ったって？　梨壺の女御かい？」

昨夜、千暁が慶子を寝所に呼んだことを知っている龍の中将は首を傾げた。

「あぁ、彼女は桐花姫ではなかった」

慶子の入内には、千暁が中将から八重邸に美しい歌声で子守唄を歌う女がいると聞いて、迎え入れた経緯がある。

早く確かめたい気持ちが強かったが、違うとなると膨らんだ期待の分、落胆することは目に見えていた。

慶子をすぐに閨に呼ばなかったのは、怖かったからだ。

一昨日の夜、梨壺で出会った女が長年の想い人であると確信を得てからの昨夜のことであった。慶子がその女ではないとわかって、千暁は失望していた。

「ふぅん、おまえも困ったやつだね。妻なんか誰でもいいだろう？　後宮にはおまえの声がかかるのを心待ちにしている女がごまんといるというのに。おまえみたいにひとりの女にこだわっていると本当に世継ぎが生まれなくなるぞ。女たちも一向におまえから声がかからないものだから気を揉んでいることだろうよ」

「そうなればおまえの子を養子に貰い受ける」

無茶なことをはっきりと言い切る千暁に、中将は声を上げて笑った。

「それは母が喜ぶな。それなら俺も早く嫁を迎えるか。そうだ、梨壺に歌の上手い下女がいるらしい」

「梨壺の、歌が詠める下女？」

「そうさ、面白いだろう？　おまえが昨夜呼んだ梨壺の女御の下女さ。下女風情が歌を詠めるなんて面白い。聞けば容姿の美しい女だというじゃないか、いつからか火傷を理由に尼のような格好をしているが、あれを妻のひとりに貰っても悪くないかもしれない」

「おまえは物好きだ」

「思い出の幼女に恋をしているようなおまえに言われたくないね」

中将の言葉に千暁は不機嫌そうな顔になった。

「あれから十年以上もの時が過ぎた、彼女ももう成人している」

「ふぅん、まあなんでもいいさ。でも世継ぎは作れよ。皇子がいないとなるとジジイどもは誰を跡継ぎにするかで大騒ぎするからな」

「皇子がいたって騒ぐのだろう。母は私を産んだせいで死んだ」

「なにもおまえのせいじゃないさ」

先の帝には十二人の妻がいた。千暁の母は父親の身分はそれなりに高かったが、母の身分が低かった。後宮においても位は低く、皇子である千暁を産んだ後は皇后（こうごう）を始めとした他の妃たちから執拗ないじめを受けていたのである。千暁自身も長く肩身の狭い思いをしてきた。

母は心を病み、後宮を離れることになった。別荘のある近江の地にて療養をしている間に病で亡くなった。痩せ細り、次第に美しさを失っていく母が哀れであった。

千暁は病勝ちの母に代わり、中将とともに乳母に育てられた。千暁の帝位継承権（ていいけいしょうけん）は低く、中将とは兄弟のように育った。

近江へ赴いたのは、母の葬儀の時。誰にも泣き顔を見られまいと丘に登った時に桐花姫に出会った。

「ジジイどもが目を血眼にして帝位継承権の高い皇子たちで帝位争いをしていたっていうのにな、皇子たちがみな、流行り病で亡くなっちまって。なりたくもないおまえが帝になるなんて皮肉なもんだ」

「ひとつ上の異母兄を帝にしようとしていた左大臣はさぞ面白くなかっただろうな」

日々運ばれてくる死への恐怖と戦い、望まずして手にした帝の地位である。周りに信じられるものといえば乳兄弟の中将のみ。あの手この手で自分にすり寄り、騙そうとしてくる大臣たちに手を焼いた。

「わかっていると思うが左大臣には特に気を付けろよ、皇子が次々に死んだのはおまえが呪いをかけたからだってまことしやかに言いふらしていたそうじゃないか」

「好きにさせておけ」

「そうもいくか、おまえ以外に帝の適任なんかいないんだからな。おまえにはもう少し頑張ってもらわないと」

「厳しいことを言うな龍は」

孤独だった。その孤独を紛らわせるように、思い出すのは幼い日に出会った美しい少女のこと。自分を皇子とは知らぬ彼女は、なんの含みもなく真っ直ぐな心で自分を癒してくれた。その優しさがずっと千暁を支えていた。

「弘徽殿を空けているのは、その思い出の女を迎え入れるためだろう？　その女の身分だってわからないじゃないか？　どこぞの馬の骨ともわからぬ女では弘徽殿に迎え入れるわけにはいかないぞ」

「身なりのよい格好をしていた」

「身なりだけじゃぁなぁ。地方には金だけは山ほど持っている商人だっているだろう？」

「姫様と呼ばれていた」

「じゃあれだ、当時近江を治めていた国守（こくしゅ）の姫だな。近江は大国、父親は誰だか知らんが今では正三位くらいにはついているんじゃないだろうか？　その姫ならゆくゆくは弘徽殿に迎え入れてもさほど問題ないだろう？」

中将の言葉に千暁は表情を暗くした。

「そんな姫はいなかった」

千暁はすでに調べをつけていたのである。近江の国守は流行り病に倒れ、都に戻る前に亡くなっている。そのひとり娘は血筋を頼ってどこかに身を寄せているはずであるが、それらしい姫はどこにもいないというのである。

「なるほどな。でもおまえ、昨夜は少し興奮した様子で梨壺の女御を待っていたじゃないか、それはどうしてだ？」

「それは――」

千暁は一昨日出会った女の話を始めた。

雲間に見える月の美しい夜であった。千暁は眠れずに後宮を散歩していたのだ。梨壺の近くを訪れたときに女の歌う声が聞こえてきた。その歌は、幼い日に聞いた少女の歌と同じだったのだ。

「その歌なら俺も知っている子守歌だ。歌える女も多いだろう？」

「夏の日の桐のことを知っているようだった。あの少女と出会ったのは夏の日、花咲く桐の木の陰だ」

「ふぅん、それが梨壺でのことだったからって梨壺の女御だと勘違いしたのか？　おまえらしくもない」

「早計だった、自分でも驚くほどに興奮していたのだ。あれを治療したのも慶子殿だと聞いたしな」

千暁は籠の中で大人しくしている鷲に視線を向ける。

「あの鳥が誤って逃げてしまったことがあったろう？」

「あぁ、鳥にでも食われたかと思えば元気に戻ってきたようだな。運のいいやつだ」

「いや、傷を負っていたようなのだ。それを梨壺の慶子殿が助けてくれたと聞いたものだから、心優しい女に違いないと思ってな。今度こそと思ったが、違った」

閨にやってきた慶子は近江のことなどひとつも知らなかった。記憶違いかもしれないが、面影のひとつもない。美しい女に違いはなかったが、本能がこの女は違うと訴えてくるようだった。

「あれが、あの少女であるはずがない」

当然夜をともにする気にはなれず、早々に梨壺に帰すことになった。見間違いでなければ、帰り際に慶子が障子戸を蹴り飛ばしたようにも見えた。腹を立てていたのかもしれない。

「ふぅん。じゃあ梨壺の他の女を探してみろ。そうだ、ちょうど俺の気になっている頭巾の女も梨壺だ。今度宴でも開いたらいいんじゃないか。後宮の女たちを集めて桐花姫を探すといい。他でもないおまえの想い人を探すために俺も協力してやる」

「なるほど……それはよい考えかもしれない」

中将の言葉に頷いた千暁はすぐに指示を出し、宴の準備に取りかからせた。

後宮で宴が催されるという噂はあっという間に広まった。帝の声のかからない女ばかりなのである。みな目の色を変え、躍起になって自らを着飾った。当然、慶子も例外ではない。

「咲！　なにをもたもたしているの、早く私の髪を梳かしなさい！　香も焚いて！　あぁ、麝香はだめよ、以前帝にお目通りした際にあまりよい印象ではないようだったわ、今日は白壇(びゃくだん)を焚き染めなさい！」

一度は慶子に帝から声がかかったことで、しばらく他の女御たちからの嫌がらせがあったが、慶子はその嫌がらせすら気分がよいようであった。実際に男女の営みはなにもなかったのだが、帝に呼ばれたという事実だけで、優越感に浸ることができたのである。

だが、それも一度きりのこととなると今度は他の妃はおろか、女官たちも慶子のことを鼻で笑い始めるのだ。

「梨壺の女御は帝のお気に召さなかったのですよ」
「ひどい癇癪持ちですもの、仕方がありませんよ」
「お父上の八重殿だって左大臣様に取り入っただけで、大した功績もありませんものね」

こう噂されると慶子は面白くなかった。陰口を言う妃たちに面と向かって文句を言う勇気はないが、持ち前の気の短さを発揮して、弱い立場の咲子に当たり散らすのである。

「今回の宴で必ず帝の気を引いてみせるわ！　咲！　いつものように私の足を引っ張るようなことをしたら絶対赦しませんから、心しておきなさい！」

咲子はただただ慶子の叱責に耐え、慶子の支度を整えるのだった。慶子の支度を整え終わると、自分の支度は手短に終える。

「やっぱりおまえは出なくていいわ。おまえのように醜い女を連れているなんて帝に知れたら私の格が下がるのよ。奇妙な頭巾のおまえは宴には出ずにここで大人しくしていなさい」

すっかり支度を終えた慶子はそばに侍る咲子を上から下まで値踏みするように眺めるとそう告げた。

小綺麗にした咲子にはにじみ出る気品があり、たとえ頭巾を被っていたとしても気を引くものがあった。慶子は万が一にでも帝が咲子に興味を抱かないよう、咲子をのけものにしたのだ。

「わかりました、梨壺のお留守を預かっております」

咲子に異論はない。以前の宴のように、下手なことをすれば慶子の怒りを買ってしまう。表に出なくてよいのならば、それに越したことはなかった。

父が存命であったならば、類まれなる咲子の歌の才能は大いに発揮され、咲子の美しさをよりいっそう際立たせるものになっただろう。

だが、その美しさも才能も、自分よりも優れた者を憎む慶子の下では余計なものでしかなかった。

どうやら宴が始まったようだ。遠くから聞こえてくる楽しそうな笑い声や、優雅な楽器の音などは、今の咲子にはあまりに場違いなものに感じられた。

「近江に帰りたい――」

ひとり梨壺に残った咲子は東の空を見上げた。本当に近江に帰りたいわけではない。今の近江に戻ったところで、咲子を迎えるものは誰もいないのだ。

もう一度、あの頃に戻ることができたらよいのに……。

あの夏の日の美しい思い出を胸に、咲子は東の空を見上げるのだった。

内裏の西側では後宮の女たちの集まる盛大な宴が催されていた。宴には妃たちの家族や帝に近しい殿上人なども呼ばれ、賑わいを見せている。宮廷楽師たちの奏でる笛や琵琶の心地よい音色が宴をよりいっそう盛り上げていた。

「帝はどちらにおられるのかしら」

少しでも帝の目に留まろうと、女たちは血眼になって辺りを見回していた。だが、帝らしい人物の姿はどこにもない。

「まだ来ていらっしゃらないのかもしれないわ！　まったく、帝がいらっしゃらないならこんな宴など時間の無駄よ！」

慶子もまた苛立ちを隠そうともせず、悪態をついていた。咲子がいないので当たり散らす相手がいないことも慶子の苛立ちを助長した。

しばらくして、上座に帝らしき人物が姿を現した時には、ほっとしたように胸を撫でおろし、今度は目に留まろうと必死で近くに寄ろうとするが、周りに侍る護衛が多くて近寄ることもままならない。

日差しを遮るための扇と傘のせいで、姿すらろくに見えないものだから慶子は余計に腹を立てた。

「帝からこちらの姿は見えているのでしょうね！　あぁ、せめてもう少し近くに寄ることができたら――！」

護衛たちを忌々しく思いながらも、なにもできない現状に苛立つばかりであった。

いったい帝はどこにいるのか――実のところ、宴の始まる前に、千暁は秘密裏に龍の中将と衣を取り換えていた。

「これでおまえは俺として自由に女たちを見て回ることができるだろう？　感謝しろよ」

「あぁ、感謝しているさ龍。おまえを取り立ててやらないといけないな」

「いやぁ、これ以上上に行くとジジイどものやっかみがひどくなる。特に左大臣のジジイだ、あれがいなくなったら俺を持ち上げてくれたらいいさ」

「お安い御用だ」

護衛には代理を立てることを説明している。千暁の顔などろくに見たことのない妃たちは、万が一顔を見たところで千暁であるのか龍の中将であるかの違いなどわからないだろう。

千暁は龍の変装に満足すると、宴の中に紛れていった。

宴の席に集まった妃たちはみなピリピリと苛立っているのがわかった。なるほど、帝の姿が見えないので苛立っているのだろうと容易に予想できる。

「まったく、いったいいつになったら帝は声をかけてきてくださるのかしら」

「せっかく着飾ってきたというのに、本当に退屈だわ！」

妃たちはみな面白くなさそうに悪態をついていた。こうも苛立ちを表に出されては、せっかくの美貌も教養も台無しだと千暁は失笑する。

帝としての私の前では取り繕うのだろう。だが、なんの地位も持たぬ〝私〟の前では本性が出るということか。これは悪くないかもしれない。

千暁はそう思い、桐花姫を探す傍らで真剣に妃たちの観察を行った。互いの視点が変われば、自分の妃にはどういった女がいるのかがよくわかる。

「あちらの女官の髪飾りをご覧になって、なんて下品なのでしょう」

「それならあちらのお着物も大変趣味が悪い」

退屈を紛らわせようと、妃たちは互いに陰口を叩いては笑い合っている。清涼殿で会う姿とはずいぶんと異なる姿に驚きを通り越して呆れてしまった。

「いったい帝はいつになったらこちらにいらっしゃるのかしら！　あぁ腹立たしい、こんなことなら退屈しのぎにあののろまを連れてくるんだったわ！」

梨壺の慶子などは苛立ちを隠そうともしていない。閨に呼んだ日のしおらしさはどこへいったのかと呆れるばかりだ。

「やはり、彼女が桐花姫であるはずがない」

そう結論付けるとともに、中将の言う頭巾の女の姿が見当たらないことに首を傾げた。

身分の垣根なく後宮の女をみな呼び寄せたはずである。頭巾を外しているのだろうか――だが、火傷の痕のある女など見当たらなかった。

あまりに執拗に梨壺の女たちを見て回っていたからだろう、ついに慶子に腹を立てられた。

「帝の妃である私をジロジロと見るなど、なんと無礼な男でしょうか！　私は梨壺の女御ですよ、おまえのような男に見初められるような下賤の女ではない！　おまえは女官にでも声をかけていたらよいのです、早く立ち去りなさい！」

青筋を立てた慶子にピシャリと言い放たれ、千暁は宴の席を離れることにした。

「ひどいものだ、慶子殿はかなり気性が荒いようだな」

宴の席を離れ、後宮に戻ってきた千暁は苦笑いした。

閨と今では人が違うようではないか――。

女というのは実に恐ろしいと呆れるばかりだった。顔を見ているはずなのに、自分のことが帝だとわからないことにも呆れ返った。

慶子殿は、〝私〟ではなく〝帝〟を見ていたのだ。

慣れたことだと思いつつも、あの日の少女が恋しくなる。足は自然と東へと向かい、梨壺へと来ていた。月のか細い夜に出会った女が、もしかしたら残っているのではないか――そんな予感がしたのだ。

だが、梨壺にその姿はなかった。千暁が自分の思い違いに苦笑いして、諦めて戻ろうとしたその時だ。

「あれは――」

聞き覚えのある歌が聞こえた。幼い日に聞いた子守歌である。歌声は北側の桐壺から聞こえてくる。

今の後宮において、桐壺は空席であるはず。いったい誰だ……？

足音を殺して近づいてみると、東の空を見上げながら歌を歌っている女がいた。

ずいぶんとみすぼらしい格好をした女である。だが、艶やかな黒髪に、強い光を宿した瞳の、それはそれは美しい女だった。

「あなたは――」

数秒見とれてから思わず声をかけると、女は慌てた様子でひれ伏した。

「申し訳ございません、勝手に別の庭に来てしまって」

「咎めたわけではない。あなたはどこに仕えているのか、教えてくれ」

女を怯えさせないよう、努めて優しい声を出した。すると、女はゆっくりと顔を上げた。横顔も美しかったが、正面から見るとなおいっそう美しい。着飾ればどの妃も及ばない美貌の持ち主だと思った。

なにより面影がある。自然と拍動が早くなった。

「私は梨壺の慶子様に仕えております」

「もしや、以前近江の国にいたことはないか。湖の近くに」

耐え切れずに尋ねると、女は目を見開いた。

「どうしてそれを――」

やはり、やっと、やっと見つけた――！　千暁は女を今すぐにかき抱きたくなる衝動を必死に抑えた。

「幼い日に、桐の花の下であなたの歌声を耳にしたものを覚えているか。あの幼子は私だ。ずっと、あなたを探していた。どうしてももう一度あなたに会いたくて……。私は千暁という」

帝であるとは言いたくなかった。この女の前では、何者でもない自分でありたいと、千暁は強く思った。

「どうか、名前を教えてくれ」

だが、女はなかなか口を開かない。

「教えてくれ」

もう一度請うように尋ねると、女はようやく口を開いた。

「……咲子と申します、千暁様」

「咲子、やっと名前を知ることができた。どうか今一度あなたの歌を聞かせてくれ」

請われるままに歌を歌い始めた女は、しまいには涙を流し始めた。その涙につられるように、千暁も涙を流す。

歌い終わると、女は千暁の背に手を当て、ゆっくりとさすり始めた。温かな手であった。

「あなたも、お辛いお立場におられますか？　どうか今はそのしがらみを取り払い、心穏やかにお過ごしください」

女の言葉は、その歌声と同じように温かなものであった。千暁は涙に濡れたその頬に手を当てる。こんなに美しい女は見たことがなかった。容姿だけではない、その心根も美しいと思った。思惑の渦巻く後宮で、初めて裏も表もない優しさに触れた。

「あなたも辛い立場にあるのだろう？　今日は宴が催されていたはず、それなのになぜあなたはここに残っているのか？　それに……」

千暁は咲子のあざだらけの手に視線を落とし、顔をゆがめた。痛々しいあざだ、きっと、辛い目に遭っているのだろうと容易に想像がつく。

「私は大丈夫ですよ。今日は体調が優れず、私の方から宴に参加しなくてもよいよう慶子様にお願いしたのです」

だが、千暁の心配を消そうとするかのように女はほほ笑んだ。すぐにわかる嘘だ、気丈にふるまう女を、千暁はよりいっそう愛しく思った。

「咲子、私はあなたを妻に迎えたい。この苦境から、必ず私が救い出す」

一度強く抱きしめ、思わずそう口にすると、女は儚げな表情を浮かべ、首を横に振った。

「どのように高貴なお方か存じませんが、なんの後ろ盾もない卑しい身分の私などがあなた様の妻になることなど、望めることではありません。今一度、お会いできただけで、私は救われました。もう十分幸せでございます。千暁様、ずっと、お会いしたかった――。その夢がようやく叶いました。さようなら」

女はそのまま千暁の手をすり抜けて、霧のように消えていった。背を撫でてくれた手のぬくもりだけが残る。幻のように消えた女は、千暁の心にいっそう強く残った。

短い逢瀬の後、火照る体のまま咲子は乱れた心を整えた。

どうしよう、本当に会ってしまった……。しかも、その腕に抱かれる日が来るなんて、想像もしていなかった。

十年以上も想い続けた彼の人に、後宮で再会できるとは思いもしなかった。それも、あまりに美しい青年に成長していたのである。一瞬でもあの腕に抱かれたのかと思うと、頭はのぼせ上がるばかりであった。

「もう一度あの人に会うことができるなんて、夢みたい。ここにいるということは、帝に近しい殿上人の方——千暁様はあのようにお声がけをしてくださったけれど、本来なら私のような下女がお目通りできるようなお人ではないはず。今度こそ、もう二度と会うことはない……。大丈夫、私はこの思い出だけで十分幸せです」

咲子は体に残る男のぬくもりを思い出して首を横に振り、湧き上がる想いを胸に秘めた。もう、二度と会えることはないだろうと——。

宴から戻ってきた慶子は不機嫌であった。咲子を見るなりあれをしろ、これをしろと散々命令をしてから、自分は梨壺で寛ぎ始めたのである。

ここまではいつものことである。だが、今日に関して異なっていたことと言えば、慶子が目ざとく咲子の機嫌のよさに気がついたことである。どことなく色気を帯びた咲子がいっそう美しく見えたのも面白くなかった。

「おまえ、私がいない間になにか悪さをしたんじゃないでしょうね！」

「そんな、滅相もありません」

咲子はそう言ったが、慶子の不機嫌さが直るはずもない。慶子は鋏(はさみ)を取り出し、咲子の美しい髪を鷲掴みにした。

「この見苦しい髪を少し切ってあげましょう！」

「おやめください！」

抵抗する咲子を押さえつけ、慶子は咲子の美しい髪を切り刻んでしまった。

美しかった髪は無惨に切り刻まれ、辺りに散らばる。

「咲、その汚らしい髪をさっさと片付けておしまいなさい。一本でも取り忘れたら赦しませんよ！」

これには咲子も大層ふさぎ込んでしまった。

お父様がいつも美しいと褒めてくれたお母様似の髪だったのに……。こんな無様な姿になってしまった……。

無惨に散らばる髪を片付けながら、悲しみの色をにじませる咲子を見て、慶子はようやく腹の虫もおさまったようである。上機嫌に歌などを口ずさみながら菓子をほおばった。

その夜のことである。誰もいない桐壺まで来た咲子は頭巾を目深に被り、欠けた月を見ていた。

元気を、出さなくちゃ……、泣いてなんかいたらだめよ。

だが、今まで自分を勇気づけようと歌っていた歌すらも声にならない。

どうしよう涙が止まらない……。

艶やかな黒髪は尼のように短くなっていた。こらえきれない涙がとめどなくあふれ出る。

「いっそ、このまま出家してしまいたい」

そう涙ながらに声に出した時のことである。

「それはだめだ」

昼間に聞いた愛しい人の声がした。このような姿になってはもう合わせる顔などありはしない。咲子は頭巾を深く被り、その場から逃げようとした。だが、その手を千暁に掴まれる。

「待ってくれ我が君。逃げないでくれ。そうでなくとも夜の闇があなたの姿を隠してしまうというのに、どうしてそのような頭巾を被っているのか教えてくれ」

「……お赦しください、あなた様に見せられるような姿ではございません」

涙ながらに答えると、頭巾の隙間からざっくりと切られた髪が流れ落ちた。

「髪を、切られたのか──」

「………」

「誰がこんなことを──いや、尋ねるのは愚問だろう。あなたが苦境にあることをわかっていたというのに、今までなにもできなかった自分が赦せない」

千暁は苦しそうな表情でそう言うと、熱のこもった瞳で咲子を見つめた。

「愛しい我が君、どうかもう少し辛抱してくれ。私は必ずあなたを迎えに来る。このような闇の中ではなく、明るい日のもとで」

優しく力強い千暁の声に、咲子はいっそう苦しくなった。

このような無様な姿、絶対に見られたくなかった、この人にだけは――。せめて、千暁様の中では、美しい思い出でありたかった……。もうこの場から消えてしまいたい――!

自分があまりにみじめに思え、咲子は首を横に振った。

「いいえいいえ! このような見苦しい髪の女を、誰が娶るものですか! もうよいのです。私のことなど、もう忘れてください。どうか、お願いです――」

泣きはらす咲子を、千暁はしっかりと抱きしめてきた。嫌だ嫌だと抵抗していた咲子は、千暁の心臓の音を聞いて次第に落ち着きを取り戻す。しばらくすると、とめどなく頬を伝っていた涙もようやく止まった。

「やっと泣きやんでくれたな、桐花姫――いや、咲子」

月明かりに照らし出された美しい千暁の顔は、優しくほほ笑んでいた。

あぁ、この人はこんなにも美しいのに……。

そう思うと、再びこみ上げてきそうになる涙を必死に飲み込む。これ以上、愛しい男に心配をかけたくはなかった。

千暁は強い意思を持った眼差しで咲子を見つめてくる。

「私は、あなたを傷つけるものを決して赦さない。そのために与えられた天からの力なのだろう。今までは不要と思っていたが、今ほど自分の地位を頼もしいと思ったことはない」

咲子には千暁の言葉の意味が少しもわからなかった。ただ、意を決したような千暁の顔は、いっそう精悍に見える。

「どうかこれ以上涙を流さないでくれ。私はあなたを必ず救い出す。だからもう悲しむな。私を信じて待っていてくれ」

「ですが私は……」

「自分を大事にしてくれ、これ以上痩せ細ってしまっては、抱きしめるたびに折れてしまいそうだ。この髪も、私がいずれもとの美しい髪に戻してやる。だからもう安心してよい」

「そのような無理を仰らないでください。よいのです、私は、この思い出だけで十分なのです……」

自然と涙が流れ落ちる。涙に濡れた瞳で千暁を見ると、千暁は苦しそうに顔をゆがめて咲子をかき抱いた。

「どうか、泣かないでくれ」

千暁は咲子を抱きかかえると桐壺の扉を開けて中に下ろした。千暁は咲子が腰かけた場所の隣りに座ると、空を見上げる。

「あの月は、近江で見たものと同じだ。私たちも、あの日となにも変わらない」

柔らかい光を放つ月が、空からこちらを照らしている。千暁の言葉に、咲子は首を横に振った。

「いいえ、私は変わってしまったのです。変わらざるを得ませんでした」

咲子は視線を落とすと切られた自分の髪を見つめた。なんの不安もなく、父に守られ天真爛漫（てんしんらんまん）だったあの頃とは、なにもかもが違う。

みすぼらしい着物に、無残に切り刻まれた髪。手はあかぎれだらけ、体中には赤黒いあざ——。

「この後宮に、私よりも醜い女はいないでしょう」

咲子が独り言のようにつぶやくと、千暁は咲子の手を取った。

「咲子、あなたは美しい。この後宮、いや、どこの国を探しても、あなた以上に美しい人などいるはずがない」

雲が途切れ、月明かりが辺りを照らす。美しい千暁の顔が視界に入ると、咲子は恥ずかしくなって。つながれた手を振りほどいた。

「いいえいいえ！　どうかお赦しください、私のような醜い下賤の者——どうかお捨て置きください。このような醜いさまをあなたに見られるなど、耐えられないのです」

あなたのことを愛しいと思えば思うほど、自分がみじめで悲しくなる。

再び涙があふれてくる。両手で顔を覆い再び泣きじゃくる咲子に、千暁は優しく声をかけてくる。

「咲子、私はずっとあなたに支えられてきた。辛い日々を乗り越えてこられたのは、あなたとの思い出があったからだ」

千暁の言葉を聞いて、咲子ははっと顔を上げた。

「私も、同じです。辛い日々、思い出すのはあなたとの近江の思い出でした。あなたは、私の希望でした……」

咲子の言葉に、千暁は優しい笑みを浮かべた。

「ずっとあなたのことを想ってきた。その想いは、髪の毛の長さや身分の違いごときで変わるはずがない。咲子、ここにあるのは想い合う男と女でしかない。今だけは、心のままにふるまっても、誰にも咎められることはないのではないか？」

「私は……」

「咲子、私はあなたのことが好きだ」

「私も、ずっとお慕いしていました。千暁様、あなたのことを、ずっと……」

咲子の頬に男の手がそっと触れる。流れる涙を拭い取ってから、千暁は名残惜しそうに顔をゆがめた。

「そろそろ戻らなければならないのが口惜しい。このままあなたと夜を過ごすことができたらどんなに幸せだろうか……。もう少しだけ待っていてくれ。必ず、あなたを迎えに行く、私を信じろ」

千暁の言葉に、頬を赤く染めた咲子は首を横に振った。

「どうか無理をなさらないでください、私はもう十分幸せです。あなたの言葉で、私は救われました。これ以上は、私には不釣り合いの幸せというもの――」

そう言って笑顔を見せる咲子の頬を涙が伝う。千暁は顔をゆがめ、咲子をもう一度強く抱きしめると名残惜しそうに咲子を見つめた。

「どうか忘れないでくれ、私があなたを愛しているということを」

再び月が雲に隠れると、千暁はそう言い残して暗闇の中へと去っていった。

もっと美しい私でありたかった……。

三度目の逢瀬の喜びよりも、見苦しい髪を見られたことの方が悲しかった。体に残るぬくもりを愛しいと思うと同時に苦しいと感じる。

あの人を信じたい。だけど、叶うはずがない。私のような女を妻にするなど、無理に決まっている。期待など、してはいけない。あの人が私にくれた温かな想いだけで、私には十分だ。

愛しい彼の人は、決して結ばれることのない相手なのだからと咲子は自分に言い聞かせた。

明くる朝のことである。清涼殿に顔を見せた中将は千暁がいつになく上機嫌であることに気がついたようだ。

「おい、どうした、気持ちが悪いくらいに機嫌がいいじゃないか」

「おはよう龍。そうだな、私は今日、これまでの人生で最も機嫌がよいと言っても過言ではない」

「へぇ、それは面白い。なにがあった？　まぁ、概ね見当はつくがな」

千暁の顔つきを見て中将にはなにがあったのか大方わかったようである。

千暁は押し黙って思案したような顔になるとしばらく沈黙した。それから、涼やかな瞳で前を見据える。

「龍、私はこの時のために帝になったのだとさえ思う」

「おいおい、大袈裟だな」

「龍、私はやっと見つけたのだ、あの少女を」

「まぁ、そんなところだろうと思ったよ。よかったな」

「あぁ、桐花姫はおまえの言っていた頭巾の女だった。おまえには悪いが、彼女は私が妻に迎える」

「それは構わないが……。あれは梨壺の女御の下女だろう？　弘徽殿に迎えるのは到底無理だ」

「問題はそこだ」

中将の言う通り、女を妻に迎えるためには大きな障害があった。

「彼女を右大臣家の養女にできればと思っているのだが、今の朝廷では左大臣の力が強すぎる」

「この状態で右大臣が娘を迎え、おまえの皇后にでもなろうものなら左大臣は黙っていないだろうな。下手をすればその下女が暗殺されるかもしれない」

「そうなんだ、だからどうすべきかと悩んでいる」

咲子を妃に迎えるという選択は絶対に譲れない。だが、自分の我がままで咲子を皇后にすれば、あまりに反発が大きいだろう。そのしわ寄せは必ず咲子にいく。

千暁は頭を悩ませていた。

「彼女を守りたいが、手放す気はさらさらない」

「珍しくおまえが我がままを言うものだな。実によいことだ、そういうことなら俺も知恵を絞ってやろう」

千暁と中将は、秘密裏に咲子を妃に迎えるための算段を立て始める。話が決まると、千暁はひとつ中将に言づけた。

「ひとつ、咲子に手紙を書く」

「手紙だと？」

「もう一度彼女と話がしたい。だからおまえに一肌脱いでもらいたいんだ。手紙が誰の目にも触れずに咲子に渡るよう手を回してくれ」

「人使いの荒いやつだな」

千暁の言葉に、中将は嬉しそうなため息を漏らした。

咲子のもとに、一通の手紙が届いたのは、千暁と会ってから数日後のことである。中には一言、「桐花姫、今夜桐壺に来てほしい」とだけ書いてあった。差出人は容易に想像がつく。咲子は悩んだ。

もう一度千暁様に会えば、自分はきっと今度こそ離れがたくなってしまう。だめだとわかっていても縋ってしまうかもしれない。千暁様は私を妻にと言ってくれたけれど、それが非常に難しいであろうことは誰よりも私が一番よくわかっている。だから、もう会わない方がいい。

「行くのはやめよう」

そう固く誓った。会ってしまえば未練が残るだけに違いない、往生際の悪いことはやめようと、咲子は千暁に会いたい気持ちを諭した。

「こちらに咲子という娘はいますか？」

そろそろ眠りに就こうかと、慶子の支度をしていた時、ひとりの女官が梨壺を訪れた。

「咲子ならそこにいるわ。咲子がどうかしたの？」

慶子が咲子を指さすと、女官は咲子に仕事を命じた。

「梨壺の女御、このものに桐壺の掃除をさせよという命令がきております」

「掃除を？　今からしろというの？」

「はい、今からでございます」

こんな夜から仕事をさせられるなど、なにかの罰だろう。だが、咲子には思い当たる節がなかった。

「もちろんいいわ、朝までこき使ってやってちょうだい。咲、きちんと桐壺の掃除をしてきなさい。一睡もしてはだめよ。もちろん朝からは当然いつも通り私のもとで働くのよ」

にんまりと嬉しそうに笑う慶子にそう言われ、咲子は隣の桐壺に赴く。どこから掃除を始めようかと扉を開けたところで、誰かが近くにいる気配がした。

誰……！

咲子が月の光を頼りに暗闇の中を探すと、心地よい低音が響く。

「よかった、来てくれたな」

「あなたは……！」

咲子は大きな声を出しかけて、はっとして声を鎮める。桐壺では、愛しい男が待っていた。

「私はここの掃除を命じられて来たのです。どうしてあなたが……」

「もちろん、私が掃除を命じたからだ。手紙を出しはしたが、こうでもしないと、あなたのことだから桐壺には来ないだろうと思ってな」

咲子はすっかり心の中が読まれていることに驚いた。

この人は、私のことなどすべてお見通しなのだ。私は、この人のことをなにも知らないというのに……。

「無礼を承知でお尋ねします。あなたは、いったい何者なのですか？」

咲子の言葉に、千暁はひどく驚いたような表情になる。

「私のことを知らないのか……」

「も、申し訳ありません……！　私には教養がないのです」

千暁の気分を害したのだろうと思い、咲子はひれ伏した。だが、千暁の声は優しい。

「どうか顔を上げてくれ。そうか、あなたは私が何者であるのか知らずにいたのか」

千暁に促されてゆっくりと顔を上げると、千暁はどこか嬉しそうな顔をしていた。

「いずれわかることだから先に言っておく。咲子、人は私のことを帝と呼んでいる」

その言葉を聞いて、咲子は驚きのあまり眩暈がした。

私はなんて無知だったのだろう！　まさか、千暁様が帝だったなんて……。そうとは知らず、私はなんて恐れ多いことを……！

そもそも帝と面と向かって会話をするなど恐れ多いと、慌ててその場にひれ伏す。

「愚かな私はあなた様が帝であるなど露知らず数々の御無礼を……。どうか、どうかお赦しください！　この罪は私だけのもの、どうか梨壺の女御のことをお叱りにならないでください」

思わず声が震えた。後宮で再会してからのこと、また幼い日の出来事を思い出す。千暁が帝であるとは少しも思わず、数々の非礼が頭を過った。

「頭を上げてくれ、私は少しも腹を立ててはいない。むしろ嬉しいくらいだ」

千暁の言葉は本心からのものだろう。咲子の目に、穏やかにほほ笑む千暁の顔が映る。

「あなたにどうしても話しておきたいことがあったのだ」

「私に……ですか？」

「そうだ、先日話したことを覚えてくれているか？」

千暁の言葉に、咲子は顔を赤らめる。

「私を、迎えにいらっしゃると……」

「そうだ。私は必ずあなたを迎えに行く。だが、今は少し状況が悪い。この国では私の思い通りになることが思ったよりもずっと少ないのだ」

「帝ともなると、私の想像もできない苦労がおありだとお察しします」

「いや、帝といってもそんなに偉いものではないということだ」

咲子の目には、千暁が悲しそうに笑ったように見えた。

「だが、今回ばかりは少し無理を通す。だから、信じて待っていてくれ」

「……帝のような高貴なお方が私のような女を妻にするのはやはり難しいと思います」

「そう言うな、私を信じてくれ」

咲子は揺れる瞳で千暁を見つめた。

本当に、信じてもよいのだろうか――。

「どうか、私の我がままを聞いてほしい。私は必ずあなたを妻にする。あなたのことだけは、他の誰にも譲らない」

だが、咲子は首を横に振った。千暁がどのような身分であるか知りもしなかったが、まさか帝その人であったとは――。

自分とではあまりに不釣り合いである。それこそ、月のように遠い存在だと思った。千暁が自分のような下賤の女を妻にするなど、周りが認めるはずはない。このことが帝である千暁の地位を揺るがすことになってもいけない。

どうか、ご自分の立場を危うくするようなことはなさらないで……。

咲子は祈るような気持ちだった。

「私はそろそろ戻る。咲子は少し桐壺で休んでから戻るといい。桐壺はもとより掃除など必要ないのだから」

千暁は咲子にほほ笑みかけると、桐壺を去ろうとする。咲子はその背に声をかけた。

「どうか、どうかお気を付けてお帰りください」

「あなたも」

だめだとわかっていても、離れがたくなってしまう――。

桐壺から離れていく千暁の後ろ姿を、咲子はいつまでも見送っていた。

その夜から一月ほどが過ぎた日のことである。慶子のもとに帝の使いが来た。閨への誘いではと喜ぶ慶子に下されたのは離縁であった。

「いったい、私がどんな粗相を！」

金切り声を上げる慶子に告げられたのは、「桐壺の更衣への度重なる非礼である」という言葉だった。

桐壺の更衣など初耳の慶子は使いのものに食い下がる。

「桐壺の更衣など、この後宮にはまだおられなかったはずです！　帝の思い違いかと！」

「いえ、桐壺の更衣はあなたとともにすでに入内されていたのです」

そう述べた従者は頭巾を目深に被る咲子のもとに跪いた。

「桐壺の更衣、帝がお待ちでございます」

それを聞いた慶子は大声を張り上げた。

「咲が桐壺の更衣ですって！　なにかの間違いです！　これは私の叔母の子！　父親はとっくの昔に病で亡くなっています。そんななんの後ろ盾もない娘が更衣とはいえ帝の妃になどなれるはずがない！」

金切り声を上げる慶子の前に、すらりと背の高い人影が現れる。

「やはり慶子殿、おまえは知っていたのか、かの姫が自分の従妹であることを……、赦し難い」

姿を見せたのは帝である千暁、その人であった。

「血のつながりのある姫をおまえは下女としてぞんざいに扱った。姫の存在をこの世から消して――。私はずっと探していた。私の妃を――」

千暁は咲子の手を取った。その声を聞き、咲子は震え上がるほど驚いていた。千暁が、本当に自分を迎えに来てくれたのだと。

「我が君、約束通り迎えに来たぞ」

「そんな、恐れ多い……あなたの妻など、私には分不相応です」

「いや、そんなことを言われては困る。私にはあなたが必要なのだ。お願いだ、どうか私の妃になってくれ咲子」

「そんな……、そんなことが……、あってよいはずがありません」

咲子は両の手で顔を覆って泣き出した。

「泣かないでくれ咲子」

千暁は咲子を優しく抱きしめ、その背を優しくさすり始める。かつて、咲子が千暁にそうしたように。ぬくもりに包まれ、咲子は次第に落ち着きを取り戻したようで、涙を拭った。

「さぁ、身なりを整えないといけない。あなたの髪に合いそうな髢もようやく用意できたのだ。あなたの美しい髪には遠く及ばないが、もとのように伸びるまで少しの間我慢してくれ。髪が伸びるまで待てばよいのかもしれないが、私は今すぐあなたを妃に迎え入れたい。どうか、頷いてくれ」

千暁の言葉に咲子は戸惑った。自分を妻に迎え入れることは容易ではなかっただろう。千暁がどれほどの苦労を重ねてくれたことか、またこれからどれほどの犠牲を払うことになるのか――。

そう思うと、思いのままに頷いてよいのか悩んでしまう。

「こんな幸せなことが、あってよいはずがありません」

「あってよいのだ。これは、私が心から望んだことなのだから」

千暁の熱い眼差しを受け、咲子は戸惑いながらも頷いた。

「よかった、ようやく頷いてくれたな。さぁ、こちらへ」

千暁に連れられて梨壺を出ていく。慶子のそばを通りすぎた時、絶望の眼差しで咲子を見つめる慶子と目が合った。

慶子のこれからを思うと慶子が哀れに思えてくる。

「そのような目で見ないでちょうだい！　おまえなんか、すぐに捨てられてしまうのが目に見えているわ！」

慶子が咲子に向かってそう叫ぶと、千暁はひどく冷めた目で慶子を見た。

「慶子殿を八重邸に連れていけ」

「お待ちください帝、私は、私はあなたをお慕いしております。心から……！　ですから、どうか離縁だけは……！」

「おまえの言葉に真実はない。後宮から去れ」

千暁に冷たく突き放され、慶子はその場に泣き崩れていた。

千暁に離縁された後、実家に帰った慶子であったが、父の八重殿は左大臣に見限られて失脚し、その職を失っていた。

没落貴族となった八重殿一家は屋敷を追われ、その行方を知る者はいないという。

千暁の手によって桐壺に足を踏み入れた咲子は、目の前に広がる景色に目を疑うばかりだった。美しい着物や装飾品に、侍る女官たち。

「質素なものばかりで申し訳ない。本当はもっとよい部屋を用意したかったのだが……」

謝る千暁に咲子は首を横に振った。

「とんでもないことでございます。身に余るものばかりです。本当に、夢のよう……本当に、私などでよいのでしょうか？」

「往生際の悪いことを言うな。夢ではない。私はあなたがよいのだ。あなたでなくてはならないのだ。さぁ、みんな、私の妃を着飾ってくれ」

千暁に指示されるとすぐに女官たちは咲子を着飾り始める。

「桐壺の更衣、まずは体を綺麗にいたしましょう。髪を洗って、長さも整えて、美しい髢もありますから」

「大丈夫ですよ、自分でできます」

「そう仰らないでください。私たちの仕事がなくなってしまいます。さぁ、身なりを整えましょう」

　咲子は女官たちに言われるまま、遠慮がちに頷く。体を拭き、髪を梳き、切りそろえると、あっという間に咲子の美しさが際立った。

「肌理の細かい美しいお肌ですこと。傷が癒えたらもっと美しくなられることでしょう」

「真っ白いお肌には何色の着物でも似合いそうですね、桐壺の更衣、お召し物は何色になさいますか」

「私は今のままで構いません。そのような上等な着物を着るわけには……」

　咲子が戸惑っていると、女官は首を横に振った。

「なにを仰いますか、帝のお妃がそのような格好でどうします」

「ですが……」

　部屋に用意されている着物はどれも上質で美しく、自分にはとても似合わないような気がする。

「お選びいただけないのでしたら、私の方で更衣に似合うものをお選びしましょう。そうですね、薄紫色の着物が一番お似合いになると思いますよ」

「よいですね、帝もこれが似合うだろうと仰っていましたよ。あぁ、焚くのはなんの香りがいいでしょうか」

　楽しそうに着飾ってくれる女官たちの手によって、咲子はあっという間に美しい姫君になった。

「本当にお美しいですわ、桐壺の更衣」

「みなさん、ありがとうございます」

深々と頭を下げる咲子に、女官たちは優しくほほ笑んだ。

「桐壺の更衣、堂々となさってください。私どもに頭など下げなくともよいのです。私どもは、桐壺の更衣のお側仕えに選ばれてとても光栄に思っているのです。桐壺の更衣は、今や帝の寵愛を一身に受ける存在なのですから」

「いいえいいえ、とんでもないことです。それに、お礼はきちんとしたいのです。どんな間柄であっても、それが当たり前だとは思いたくありません」

慌てた様子で答える咲子に、女官たちは優しい笑みを向けた。

「帝が部屋の外でお待ちですよ、いってらっしゃいませ」

美しく着飾った咲子を前に千暁は目を細めた。

「まるで天女のようだ」

「実感がわきません。私が、本当にあなたのお妃になれるだなんて……」

「まだそんなことを言っているのか。どうしたらあなたに信じてもらえるのだろうか。そんなに疑って、このまま、物語の天女のようにいつか私のもとからいなくなったりしないだろうな」

「私からいなくなることはありません。決して……！」

懸命に訴える咲子に、千暁は優しい笑みを向ける。それから、小さくため息をついた。

「もっと長く一緒にいたいのだが、仕事を片付けに行かねばならない。咲子、今日は桐壺でゆっくり休んでくれ」

名残惜しそうに桐壺を去っていく千暁の後ろ姿を、咲子はいつまでも見送っていた。

第二章　後宮に桐の葉が揺れる

咲子が帝である千暁の妃となり、桐壺を賜ったことは後宮でも大きな噂となった。妃たちに少しも興味を示すことのなかった帝が、梨壺の女御の下女であった咲子を妃に迎えたばかりか、梨壺の女御を後宮から追い出してしまったというのである。当然咲子への関心は強くなり、自然と風当たりも強くなった。

「きゃぁ！」

咲子が桐壺を賜り数日が過ぎた頃、桐壺から出ようとした女官が悲鳴を上げた。咲子が近づくと、女官は青い顔をして振り返った。

「どうしたのです」

「桐壺の更衣、廊下がこのように……」

見れば雨が降ったわけでもないのにひどく廊下が汚れている。意図的に泥を撒いたかのように、床は土にまみれていた。

誰がこんなことを……。

「掃除をしましょう。問題ありません、すぐに綺麗になりますから」

そう言うと咲子は自ら掃除をし始めた。

「いけません、私たちがやりますから、更衣はお部屋の中に」

女官は慌てて咲子の手から雑巾を取り、廊下の掃除を始める。あっという間に汚れは取れ、もとの綺麗な廊下に戻った。

しかし、翌朝、咲子が桐壺を出ようとしたところ、昨日に続いて今度は生きた虫や死んだ虫が廊下にばら撒かれていた。這い回る虫たちに、女官たちは青い顔をした。

ひどい嫌がらせ……。慶子様の時にもこのような嫌がらせが何度かあったけれど、ここまでの数とは……。気持ちが悪いけれど、片付けないわけにはいかないわ。

部屋付きの女官たちが気味悪がる一方で、咲子は淡々と片付けを始める。

「更衣、わ、私たちが片付けますから……」

「大丈夫ですよ。慣れておりますから」

慶子様に何度も虫取りをさせられたもの、みんなよりは慣れているわ。死んでいるものは埋めて、生きているものは逃がしてあげないと。

慶子に虐げられていた日々で虫の類にも慣れていた咲子ではあったが、さすがにこうも大量にあると気分が悪くなる。

これはさすがに誰かひとりの仕業ではない。

女官と一緒に廊下の片付けを終えた咲子はそう思った。

その後も、部屋を空けているうちに調度品を壊されたり、すれ違いざまに着物をわざと汚されたりするのは日常茶飯事。時には千暁からの贈り物を盗まれることもあった。

千暁がなんの後ろ盾もない自分を妃に迎えたことで、多少の嫌がらせが起こることは咲子にもわかっていた。

当然千暁にも予想できていたことだろう。だからこそ、その寵愛ぶりがこれ以上目立たぬようにと、咲子を表立って閨に呼ぶことはせず、代わりに千暁自身が夜中に忍んで桐壺を訪れてくれていたのである。

私への嫌がらせは仕方がないわ。私を妃に迎えたことで、千暁様になにかご迷惑がかかっていなければよいのだけれど……。

「桐壺の更衣、毎日のようにこのような嫌がらせ……。一度帝にご相談してみてはいかがでしょうか？」

女官はそう進言してきたが、咲子は気丈に首を横に振った。

「この程度、痛くもかゆくもありません。他のお妃たちが私を面白く思わないのも当然のこと。帝に心配をかけるようなことではありません、私が片付ければよいだけの話です」

咲子は心配する女官に笑顔を向けてから、頭を下げた。

「あなたたちには嫌な思いをさせてしまってごめんなさい。ですが、今少し辛抱してください」

私に仕えてくれているばかりに、女官たちには迷惑をかけてしまう。可能な限り自分で対処していかないと。

咲子は桐壺付きの女官たちに申し訳なく思った。

夜になると、咲子はそっと部屋を抜け出し庭に出る。深い藍色に染め上げたような空で淡く輝く月を見上げていると、誰かの足音が聞こえてくる。

「今夜もよい月だ」

「千暁様、ようこそおいでくださいました」

「あぁ、こうやって咲子に会う時間が、私にとってなによりも貴重なのだ。可能な限り毎晩来る」

「とても嬉しいです。私にとっても、千暁様とお会いできるこのひと時が、なによりも大切なのですから」

千暁の訪れに、咲子は笑顔を見せる。

毎夜毎夜、咲子は千暁と他愛無い話をするこのひと時を大切に思っていた。この時間さえあれば、どんな嫌がらせにも耐えられると思えたのである。

千暁の言葉を聞き、千暁も同じ気持ちでいてくれることがわかると、嬉しくてたまらなくなる。

「そういえば、私が飼っている鶯が再び美しい声で鳴くようになったのだ。こちらまで聞こえてくるだろうか？」

「はい、鶯の可愛らしい声がこちらの桐壺まで聞こえてまいります。帝の飼い鳥なのですね」

「あぁ、しばらく怪我をしていたので、治るまで鳴き声を聞くことができなかったのだが、最近また美しい声を聞かせてくれるようになった」

千暁が鶯の話を始めたので、咲子は以前助けた鶯のことが気になった。

「私も、以前傷ついた鶯を預かっていたことがあります。可愛らしい男の子が見つけて連れてきたのです。鳥にでも襲われたのか、大きな傷を負っておりましたので手当をして……きちんと治るまで見届けたかったのですが、治りかけたところで逃げてしまったのです」

心配そうに話すと、千暁は驚いたような表情になってから、納得したような表情になる。それから明るい声で咲子に話しかけてきた。

「やはり！　私の鳥を手当してくれたのはあなただったか。以前梨壺の女御が自分が手当をしたと言っていたのだが、彼女は鶯に少しも興味を持たなかったので不思議に思っていたのだ。鶯に会わせろというから呼んだというのに。なるほど、咲子の手柄を横取りしていたというわけか」

咲子が鶯の手当をした本当の相手だとわかると千暁は嬉しそうに目を細めた。

「咲子に褒美を取らせなければいけないな、なにか欲しいものはないか」

問われて咲子は首を横に振った。

「私はこうして千暁様と一緒にいられるだけで幸せなのです。他に望むものなどあるはずがありません」

「だが……」

「どうしてもと仰ってくださるなら、私ではなく鶯を見つけた男の子になにか贈って差し上げてください。六つほどの可愛らしい子供で、千寿丸と名乗られました」

「なるほど、では千寿丸にも褒美を与えてやらねばならないな。あの子が咲子と面識があるとは知らなかった。千寿丸は少々やんちゃではあるが、賢い子なのだ。まだまだ幼いが人を見る目に長けているのだろうな、咲子に鶯を託したのは英断だ」

「私に鶯を託してくれたのはたまたまですが、とても利発そうな男の子でした」

「欲しいものがないというのなら、咲子には私の方で褒美を考えておこう。どうか受け取ってほしい、私が贈りたいのだから」

「いえ、私は本当になにも……！　もう十分すぎるほど贈っていただいておりますから」

「そう言うな、私が贈りたいのだと言っただろう」

「……そうですか。では、千暁様がなにを選んでくださるのか、楽しみにしております」

なによりも千暁様が私のためにと考えてくれるのが嬉しい。

咲子は千暁の好意を快く受け取ることにした。月がゆっくりと空を渡っていく。しばらく談笑すると、千暁は名残惜しそうに咲子を見つめてから重たい腰を上げた。

「そろそろ戻らないと怪しまれるな。明日の夜にまた来る」

「お気を付けてお戻りになられてください」

離れがたいと思ってはいけない。笑顔で見送らなくては……。

咲子は何度も振り返る千暁の姿が見えなくなるまでその背中を見送った。

その翌日から、咲子のもとに今まで以上に多くの贈り物が届けられるようになった。

「桐壺の更衣、ご覧ください。帝からお着物が届きましたよ」

「先日は珍しい菓子、その前は豪華な香炉でしたね」

「扇や髪に飾る日陰葛もありましたよ」

今までは調度品や菓子など、他の妃から目立たぬようにと配慮して届けられていた贈り物であったが、鷲の一件で咲子に贈り物をする口実ができたと思ったのだろう。最近では豪華な着物や装飾品が届けられるようになった。

「帝の桐壺の更衣への寵愛の深いこと」

「本当に、他のお妃に遠慮なさって閨に呼ばれないのが残念ですね」

咲子付きの女官たちはそう言って喜んだが、他の妃たちがそれを面白く思うはずはない。廊下を歩いていれば、楽しそうに笑い合っている妃たちの声も聞こえてくる。

「おや、あれは梨壺の女御の下女ではありませんか」

「今は桐壺の更衣になられたようですよ」

「いったいどのように帝に取り入ったのか、お話を伺いたいものですね」

「ですが、大層生まれが卑しいそうではありませんか、私たちとは話が合いませんよ」

くすくすと、扇の向こうから咲子を馬鹿にするような声が聞こえてくる。妃たちは暇を持て余しては幾人かで集まり、宴を催しては楽しんでいるようであったが、咲子に声がかかることはただの一度もなかった。

「きゃぁ！」

「どうしたのですか」

あくる日、贈り物の包みを開いた女官が悲鳴を上げ、慌てて包みを包み直した。そのまま包みを床に置くと、怯えたような顔を両手で覆っている。

「な、なんでもございません！　更衣はご覧にならないでください。決して！」

こんなに怯えて……いったいなにが届いたというのでしょう。

咲子が置かれた包みを見ると、端が赤く染まっている。つなぎ目からは紐のような長いものがはみ出ていた。なにかの尻尾のようだ。

「これは、ネズミでしょうか。可哀そうに……」

私に嫌がらせをするために殺されたのかもしれない……。

「いけません！　穢れがうつります」

「大丈夫ですよ、土に還すだけですから」

咲子はそっと包みを手に取ると、庭に出る。自らの手で土を掘り返し、ネズミの死骸を埋めた。

このように千暁からの贈り物に混じり、生きた虫や動物の死骸、時には呪いをかけたような形代なども届くようにもなったのである。

咲子は気味の悪い形代を手に、ぐっと奥歯を噛みしめた。

これほどまでに憎悪の込められた品々が届くなんて……。でも、私が怯えてはいけない。

「帝の目に触れたら余計な心配ごとを増やしてしまうかもしれません。早々に処分してしまいましょう」

気味悪がる女官たちに代わり、咲子自ら嫌がらせの品々を処分することも多々あった。

咲子がいつものように虫の死骸を片付けようとしていると、いつかの男の子がひょっこりと顔を見せた。千寿丸だ。

「咲子殿、お久しぶり！　桐壺の更衣になられたと聞いたよ。お庭でなにをしているのですか？」

千寿丸は興味津々に咲子の手元を覗き込む。

「部屋の中で虫が死んでおりましたので、埋めているのですよ」

「ふーん、こんなにたくさんですか？　この前はネズミを埋めていたんじゃない？　猫が掘り起こしていたのを見ましたよ。部屋の中でネズミが死んでいたの？」

「あらあら、見つかってしまいましたか」

千寿丸様を怖がらせるわけにはいかないわ。

まさか他の妃たちからの嫌がらせの品だとは言えるはずもない。咲子は曖昧な笑顔を浮かべると、千寿丸に部屋へと上がるよう促した。

「よろしかったら少し遊んでいきませんか？　水菓子(みずがし)もお出ししましょう」

「本当？　今日は咲子殿にお礼を言いに来たのだけど、ご馳走になっちゃおうかな」

「お礼ですか？」

「はい、帝に私のことを話してくれたんでしょう？　帝が鶯を助けてくれてありがとうと、私のことを褒めてくださいました。私はまた勝手に後宮で遊んでいたのがばれるのが嫌で黙っていたのです」

「あら、それは大変。私が帝に千寿丸様のお名前を伝えてしまいました。叱られませんでしたか？」

「全然、言ったでしょう？　褒められましたと。おまえのやんちゃもたまには役に立つものだと笑っておられました。これで私は堂々と後宮を遊び回れるし、咲子殿にも堂々と会いに来られる。ありがとう咲子殿」

「いいえとんでもない」

千寿丸は桐壺に入ると咲子と向かい合って行儀よく座った。

「咲子殿、貝覆いはできますか？　一緒に遊ぼう。新しい貝を帝にいただいたのです」

「はい、では勝負いたしましょう」

千寿丸は持っていた包みの中から美しい絵の描かれた貝を取り出して外側を上に並べていく。咲子も手伝い、すべての貝が並べられると、千寿丸はポンと手を叩いた。

「さあ、咲子殿、勝負ですよ！」

千寿丸に勝たせてやろうと手を抜くつもりであった咲子だが、千寿丸は器用に二枚の貝を当てていくものだから、手を抜く必要など少しもなかった。

とてもお上手だわ。千暁様が仰っていた通り千寿丸様はとても賢いのね。

真剣にやっても負けてしまいそうである。咲子は純粋に貝覆いを楽しんだ。

「本当にお強いのですね、敵う気がしません」

「そんなことありませんよ。咲子殿は私が一緒に遊んだどの大人よりも上手だ」

「褒めてくださり光栄です。さぁ少し疲れましたよ、休憩にしましょう」

女官が運んできてくれた水菓子を千寿丸に勧めると、千寿丸は嬉しそうに櫛状に切られた桃を口へ運ぶ。すっかり桃を食べ終わると、千寿丸は貝を片付けながら咲子を見た。

「ねぇ咲子殿、ときどき遊びに来てもいいですか？」

「もちろんです、ぜひいらしてください。私も千寿丸様がいらっしゃると楽しいですから」

答えると千寿丸は年相応の笑顔になる。

「ありがとう咲子殿！　また来ます！」

咲子が手伝って貝を片付け終えると、千寿丸は廊下ではなく庭の方へと駆けていった。咲子が止めるのも聞かずにあっという間に茂みの中に消えてしまう。

「千寿丸様、あぁ、そちらはお庭ですよ！」

「千暁様が仰る通り、やんちゃですね。とてもお可愛らしい」

咲子は千寿丸が走り去った茂みを見て楽しそうにつぶやいた。歳の離れた弟ができたようで咲子は嬉しい気持ちになっていた。ただ、自分のところに遊びに来ることで千寿丸が母親に怒られないだろうかと心配になる。

「千寿丸様のお母様はどなた様かしら？　帝にはまだお子はいらっしゃらないと聞い

ているのだけど」

咲子がそばに侍っていた女官に尋ねると、女官は俄かに驚いたような表情になった。知らなかったのかとでも問いたそうな表情だ。

「千寿丸様は先帝のお子、現東宮様でございますよ」

「まぁ！　東宮様でしたか。そうとは知らず、なにか粗相があったかもしれません」

不安そうにつぶやく咲子を安心させるように女官はほほ笑む。

「大丈夫でございますよ。とても楽しそうなご様子でしたから。東宮様はあのようにやんちゃで時々他のお妃様のもとにも顔を出すのですが、みなさま扱いに困っておられて、東宮様もそれを察しているようであまり長居はされないのだそうです。今日のように水菓子までしっかりと召し上がることはないと思います」

「貝覆いなども叔父であられる帝、もしくは龍の中将様が付き合っておられるのではないかと」

「そう、なにがお好きか聞いておけばよかった」

「あのご様子ですと日を置かずにすぐにいらっしゃると思いますよ。帝と東宮様で桐壺の更衣の取り合いになりそうですね」

女官が予想していた通り、千寿丸は翌日も翌々日も、毎日のように桐壺を訪れるようになった。すっかり咲子に懐いてしまったようである。

「咲子殿、今度面白い絵巻物を持ってくるから一緒に読みましょう。私はまだまだ読めない文字が多いのです」

「では一緒に勉強いたしましょう。私もきちんとした教育は受けておりませんから、千寿丸様が私に教えてくださると助かります」

「本当ですか！　じゃあ私も一生懸命学んでおくよ。私が咲子殿の先生になってあげます」

なんて可愛らしいのだろう。

咲子は千寿丸と会話をするたびに心の中が温かくなるのを感じた。仲良く過ごすふたりを見て、女官たちも本当の姉弟のようだと目を細める。

ふたりが向かい合って笑っていると、突然廊下から足音が聞こえた。足音は桐壺の前で止まる。乱暴に扉が開かれると、見かけない壮年の男が姿を覗かせた。白いひげの生えた赤い顔には、ギラギラと獲物を睨みつけるような双眼がついている。

男は現朝廷を牛耳る左大臣であった。突然の左大臣の来訪に、女官たちは慌てて咲子を御簾の向こうへと連れて入った。一緒に千寿丸も隠れる。

慌てふためく咲子たちの様子に、左大臣は白々しく大きな声で独り言のようにつぶやいた。

「そうか、最近いたく身分の低い女が帝に取り入って妃になったのだったな。桐壺は長く空いていたから忘れていた」

それから取り繕うかのように丁寧な口調になって、咲子がいる御簾へ向かって声をかける。

「桐壺の更衣、こちらに東宮様はおられませんか。これから私と会う約束をしていたというのに、どこにも見当たらないのです」

咲子は千寿丸へと視線を向けると、千寿丸は助けを求めるような目で咲子を見ていた。咲子はしがみついてくる千寿丸の体を優しく抱きしめる。

左大臣に会いたくないんだわ。こんなに震えてお可哀そうに……。

「東宮様はこちらにいらっしゃいます。ですが、体調が優れぬ様子です。どうか今日はご容赦ください」

咲子が答えると、左大臣は桐壺の中をぐるりと見回す。

「なるほどなるほど、話に聞けば、東宮様は毎日のようにこのような場所に出入りをしているようだ。教養もなく、卑しい身分の者と長い時間をお過ごしになって体に障りが出ているのでしょう。どうぞ、今度は私の娘のいる藤壺へお越しください。藤壺は東宮がお住まいの梅壺の隣に位置しますし、桐壺では味わえないような珍しい菓子を用意させて待っております」

左大臣は御簾越しに咲子のことを凝視した。咲子のことを見下しているのだ。千暁が自分の娘のことを見向きもせず、新しく咲子を妃として迎え入れたのが面白くないのだろう。

「今は帝も物珍しさから構っておいでのようだが、それもいつまで持つことか。後宮にいられる短い日々をせいぜいお楽しみくださいい、桐壺の更衣」

咲子に向かってそう言うと、左大臣は含み笑いを浮かべる。

「咲子殿の悪口を言わないでください」

「私はよいのです」

千寿丸が怒りを露わにすると、咲子が慌ててなだめた。左大臣は東宮の怒りなどさほど気にした様子もなく、ふんと鼻を鳴らす。

「東宮様、桐壺がお懐かしいのはわかります。ですがお母様はもうこの世におりません。あなたもいつまでも幼い子供のように甘えておらず、勉学に励むのですよ。今日のところは帰ります。また日を改めて参ります」

左大臣が帰ってしまうと、千寿丸は思いっきり舌を出して見せた。その目に大粒の涙が溜まっているのを見て、咲子は千寿丸を抱きしめる。

こんなに幼いのにお母様もお父様もお亡くなりになって、千寿丸様はお寂しかったに違いない。桐壺に強い思い入れがおありなのも当然のことだわ。

「桐壺は、お母様がいらっしゃった場所なのですね」

尋ねると、千寿丸は小さく頷いて咲子にしがみついた。

「お母様は、ご病気で……私がもっと小さいころに……」

父と母を早くに亡くし、さぞ不安だったことだろう。咲子には千寿丸の悲しみがよくわかった。

「おひとりでよく頑張られました。健やかにこんなに大きくおなりになって、お母様もお父様も大変お喜びのことと思います」

咲子の言葉に千寿丸は大きな瞳に涙を浮かべながらも笑顔になる。

「そうかな? だってもう死んでしまっていますよ」

「お父様とお母様は、いつも千寿丸様のおそばにいらっしゃいます」

咲子は幼い日の千暁のことを思い出した。千寿丸の小さな手を取ると、その胸に当ててやる。

あの頃の千暁様も、お寂しかったに違いない。計り知れない寂しさに、おひとりで耐えていらっしゃったのだ。

「お母様もお父様もここにいらっしゃって、いつも千寿丸様を見守っておいでですよ」

千寿丸様の寂しさが、少しでも薄れますように……。

ドクドクと鳴る自分の心臓の音を聞いて、千寿丸は涙を飲み込んだ。そして目に強い光を宿す。

「ありがとう咲子殿、元気が出ました。さっきは嫌な思いをさせてごめんなさい。今日は単に遊びに来たのではなくて、左大臣が嫌で逃げてきたのです」

「私でよければいつでも守って差し上げますから、なにかありましたらこちらに逃げていらっしゃいませ」

「ありがとう。今日は戻ります。これから勉強して、咲子殿に色々教えてあげますから」

元気を取り戻した千寿丸は涙を拭くと桐壺を後にした。千寿丸が去ると、左大臣の言葉が脳裏によみがえる。

『今は帝も物珍しさから構っておいでのようだが、それもいつまで持つことか。後宮にいられる短い日々をせいぜいお楽しみください』

大丈夫、私は千暁様を信じている。千暁様が心変わりされることなどあるはずがない。

そうは思っていても、咲子の存在は後宮においてかなり危ういものだ。他の妃たちからはよく思われず、後ろ盾はなにもない。ただただ、千暁の寵愛だけが咲子を妃にしているのである。

千暁の愛を疑うわけではない。だが、自分が後宮にいることで、千暁が不利な立場になるのではないかということを懸念していた。咲子への愛が深ければ深いほど、左大臣は千暁のことを面白く思わないかもしれない。

どうか、千暁様にご迷惑がかかりませんように……。

咲子は強くそう願った。


「どうした、浮かない顔をして」

今夜も、辺りが寝静まってから千暁が桐壺を訪れていた。千暁に声をかけられた咲子は、はっとして顔を上げる。

「すみません、少し考え事をしていました。その、千暁様のことを……」

「私がそばにいるというのに？」

「すみません、おかしいですよね。少し、心配なことがあるのです」

「私のことを考えてくれるのは嬉しいのだが、心配なことというのが気になる。昼間になにかあったのか？　そういえば、最近千寿丸があなたのもとを訪れているようだ。私のもとに来ればあなたのことばかりを話していく。私が仕事をしている間に千寿丸がここを訪れていると思うと少し妬けてしまうな」

「千寿丸様は六つの子供ですよ。本当の弟のように可愛いです」

千暁が不服そうな顔をするので咲子は言葉を続けた。

「そんな顔をなさらないでください。私の身も心もあなたのものではありませんか」

「それは私も同じこと。帝という身分のせいであなたに不安な思いをさせるかもしれない、けれど信じてほしい、私の目には、あなたしか映っていない」

そっと肩を寄せ合って月を眺めているだけで、咲子は満たされた気持ちになる。空にはもうすぐ満ちる月が白く輝いていた。

なんて、幸せなんだろう……。

「私は幸せです」

咲子はそう思い言葉にした。だが、いつか、この満ち足りた気持ちも月のように欠けてしまうのだろうかと不安にもなる。

どうか、この幸せが消えませんように……。

俄かに過る不安を隠すように、咲子は千暁に向かってほほ笑んだ。

翌朝、千暁が清涼殿で寛いでいると、龍の中将を伴った千寿丸が姿を見せた。どうやら中将は蹴鞠に付き合っていたらしい。

汗だらけの千寿丸に手拭いを渡すと、汗をぬぐった千寿丸は「帝に申し上げたいことがあります」と畏まった。珍しく居住まいを正す千寿丸を、千暁は興味深そうに見つめる。

「どうした、いつになく行儀がいい」

「はい、ぜひ叶えていただきたいお願いですので」

「どれ、話してみろ」

千暁に促されると、千寿丸は声をひそめた。

「咲子殿についてでございます」

咲子と聞いて、千暁の心中は穏やかではなくなった。今やこの幼い甥は見ようによっては恋敵とも言えるのである。こんなにも幼い子供に対抗心を燃やさなければならないなど愚かしいと、普段の自分なら気にもかけないところだが、咲子のこととなると話は別である。

「咲子殿は他のお妃から嫌がらせをされているようです。どうか咲子殿を助けてください」

「咲子が、嫌がらせを？」

千暁は眉をひそめた。咲子への寵愛ぶりが顕著にならぬよう気を付けていたつもりである。当の咲子も幸せそうに見えた。毎晩話しているが、嫌がらせのことなど聞いたこともない。だが、咲子のことだから自分に心配をかけまいとしているのかもしれないと考えが及ぶ。千暁は千寿丸の言葉に耳を傾けた。

「はい、宴なども仲間外れにされているようですし、部屋に虫の死骸やネズミの死骸が届くこともあるようです。他にも先日は左大臣までもが咲子殿を馬鹿にするようなことを！　私は大変腹が立ちました」

怒りで顔を真っ赤にする千寿丸を見ながら、千暁は眉をひそめる。

自分が無理に妃に迎え入れた経緯は他の妃たちはもとより、当然娘を皇后にしようと考えている左大臣にとっても面白くないだろう。咲子への嫉妬を少しでも軽減しようと、表向きは気にかける素振りを見せず、忍んで会いに行っていたというのに、あまり効果はなかったのかもしれないと、千暁は悔やんだ。

咲子が嫌な思いをしていることに気付きもせず、ただ会えることを喜んでいた自分に腹が立った。

千寿丸から話を聞いた千暁は、その夜も咲子のもとを訪れた。

「ようこそおいでくださいました！」

自分の顔を見ると咲子は嬉しそうな顔を見せてくれる。千寿丸の話を聞く限り、他の妃や左大臣までもが咲子に辛く当たっているのだろう。だが、それを自分に愚痴ることなく、嬉しそうに迎えてくれる咲子があまりに健気に思えた。

私に心配をかけまいとひとりで耐えてくれているのだろう。

「咲子、辛いことはないか？」

思わずこちらから尋ねてしまう。もしも咲子が辛いと言ってくれたら、どんな手を尽してでも妃たちを罰し、咲子を救いたいと思ってしまう。

だが、千暁の問いかけに咲子は笑顔を見せた。

「辛くなどありませんよ。それよりも、先日は見事なお着物をいただきまして、本当にありがとうございました。あのような上等なものには触れたことすらありませんでしたから、いつ着たらよいのか悩んでしまいました」

「それならば明日にでも着てくれ、私が見たい」

「そういうことでしたら、明日の夜に着なくてはいけませんね」

「では次はその着物に合う扇を贈らなければならないな」

「そんな、とんでもないことです。もう十分すぎるほどいただいております」

「私が贈りたいのだ、私の楽しみを奪おうとするな」

贈り物ひとつ、咲子に贈るならなにがよいかと考えるのも楽しいと感じる。自分がこんな風に贈り物を選びたいと思うようになるとは夢にも思わなかった。ただ、贈り方には気を付けねばならない。自分からの贈り物だとわからないよう贈るにはどうしたらよいのかと考えを巡らせる。

「咲子、私はあなたが恐ろしい」

「私がですか！」

「そうだ、あなたがいることで、自分がどんどん変化してしまうのが恐ろしい。この先、私はどうなってしまうのだろうな」

嬉しい変化だと思いつつ告げると、咲子は目を丸くしてから深々と頭を下げてきた。

「申し訳ありません、私がそのように千暁様に悪い影響を及ぼしているとは露知らず、呑気にお妃になれたことを喜んでおりました……。もしかして、私はお邪魔でしょうか……」

「違う、そうではない！　私の言い方が悪かった。私は嬉しいのだ、自分がこのように変化していくのが嬉しい。嬉しくもあり、知らない自分を知るようで少し怖いのだ」

自分の中に、こんなにも熱い感情があったのかと驚くばかりだ。思わず心配ごとが口をつく。

「千寿丸があなたのことを心配していた。他の妃から嫌がらせをされているようだと」

千暁の言葉に、咲子は困ったように視線を逸らせた。

なるほど、千寿丸に感謝せねばならない。咲子が嫌な思いをしていることを見過ごすところだった。咲子は、自分が嫌がらせを受けているなど、私には悟らせないだろうからな――。

千暁は咲子を真っ直ぐに見つめると、揺れる瞳の咲子に告げた。

「嫌なことがあれば話してくれ。私が、必ずあなたを救う」

千暁の言葉に、咲子は首を横に振る。

「私は大丈夫です。慶子様から受けていたようなひどい嫌がらせはありませんし、他のお妃様たちの気持ちもわかります。私だって、愛しい人を他の女性に取られたら、嫌がらせのひとつでもしてしまうかもしれません。嫌がらせは、私が千暁様に愛されているという証拠でもあるのです」

そう言ってにこやかに笑う咲子を、千暁は抱き寄せた。

そんな風に考えてくれるのか……。

「私に力がないばかりに、あなたに辛い思いをさせてしまう——」

「いいえ、なんの後ろ盾もない卑しい身分の私をお妃にしてくださったことは、十分にすごいことです。大変な無理を通してくださったのだと私にでもわかります。ですから、これ以上無理をなさろうとしないでください。私は、十分に満たされているのです」

私は、なんと無力なのだ。愛しい人ひとり守ることができないなど……。なんと弱い帝だろうか。

千暁は左大臣の影を恐れ、咲子を皇后へと押し上げられない自分を責めた。朝廷において、帝である千暁の力は盤石ではない。どうしたって左大臣の顔色をうかがわないわけにはいかないことが口惜しい。

「すまない咲子。もう少し、もう少しだけ待っていてくれ」

なんとかして、左大臣の力をそがなければ……！

「はい、いつまででも。私は気が長いのです」

今すぐに咲子を皇后にするわけにはいかない。だが、どうにかして咲子への嫌がらせを軽減させることはできないだろうか――。

千暁は考えを巡らせ、ひとつよい案を思いついた。

「咲子の人となりを知れば、少しは現状を変えられるかもしれない」

独り言をつぶやくと、咲子が不思議そうな顔をしてこちらを覗き込んでいた。

「いや、ひとつみなと知り合うために、宴でも開いてやろうと思ったのだ。あなたのことを知れば妃たちは嫌がらせをやめる気になるかもしれない」

「そう簡単にいくとは思えません。私にそのような人徳はありませんし……」

「自覚がないのも困りものだな。そうと決まれば龍に話を付けてこなくては」

「中将様ももう眠りに就いておられますよ、千暁様も、そろそろお戻りになられてください、お体に障りが出てはいけませんから」

「本音を言えばこのまま桐壺であなたと一緒に朝を迎えたいくらいだ――だが、そんなことをしてはあなたへの風当たりもいっそうひどくなるかもしれない。今は辛抱して戻ることにする」

「お気を付けて、ゆっくりお休みになられてください」

「咲子も、ゆっくり休め」

後ろ髪を引かれる思いで桐壺を後にする。

こんな夜を、あと何度迎えたらよいのだろうか――。

千暁は小さくため息をついた。

千暁がすぐに話を付けてくれたのだろう。中将の手配で、瞬く間に後宮で宴が開かれることになった。参加できるのは女性だけと限定されていたのは、左大臣の邪魔が入らぬようにと帝が配慮したからだろう。

川を模した小さな流れのある庭で催された宴には、以前のように後宮の女性たちが身分を問わず訪れた。

初めて宴に呼ばれた咲子は、緊張した面持ちで宴の催される庭に姿を現した。目立たぬようにと、千暁から賜った豪奢な着物ではなく、できる限り質素なものを身に着けてきた。すると、咲子の姿を見た妃たちはこそこそと陰口を叩き始める。

「あれが噂の桐壺の更衣ですよ。以前は梨壺の女御に仕えていた下女だというではありませんか。帝に取り入って妃になったという」

「梨壺の女御を追い出してしまったのでしょう？　なんて恐ろしい人かしら。いったい帝になんと言って言い寄ったのでしょうね。大人しそうな顔をして、ひどくたちの悪い人ですよ」

「ご覧なさい、あの粗末な着物。扇はきちんとお持ちかしらね。ご実家からの支援がないというのはわびしいものですからね」

「帝の寵愛も一時のことでしょう。すぐに後宮になどいられなくなりますわ」

くすくすという笑い声とともに扇の影から聞こえてくる言葉などものともせず、咲子は凛とした佇まいで座った。席についた咲子を見て、陰口を叩いていた女御たちは口をつぐみ始める。

　陶器のように滑らかな肌に、艶やかな黒髪。威張るわけではなく、それでも堂々と座る姿は非の打ちようがなかった。質素な着物に身を包んでいたとしても、咲子には生まれ持った華があった。

「ご挨拶が遅くなり申し訳ございません。みなさま、どうぞよろしくお願いいたします」

　定刻より遅れて藤壺の女御が姿を見せ席に着くと、咲子は涼やかな声で挨拶をした。咲子の様子に、陰口を叩いていた女御や女官は押し黙り、藤壺の女御はふんと鼻を鳴らした。

　宴が始まり、和歌を詠み合うようになったが、一向に咲子が歌を詠む番にはならない。ようやく咲子が歌を詠む番になったかと思うと、すぐに盃（さかずき）を流される。上流から流れてくる盃が自分の前を通り過ぎるまでに歌を詠まなければいけないのだ。妃たちの嫌がらせだろう。おかげでろくに考える暇もないまま、どうにか形だけの歌を詠むにとどまった。

「桐壺の更衣はお歌が上手だと聞いておりましたが、大したことはありませんね」

「そうですよ、先ほど藤壺の女御が詠まれた歌と比べたら……。あぁ、比べるのも可哀そうになってしまいますね」

「私の歌も大したことはありませんよ、今日は気分が乗らなかったのでよいものが浮かびませんでしたから」

上座でひと際豪奢な着物を着ているのが藤壺の女御だと咲子にもすぐにわかった。女御の周りには幾人もの女官や妃たちが寄り添い、咲子の方をちらりと見ては楽しそうに笑い合っている。咲子が話しかけようとしても、みんな咲子が見えていないかのように無視をした。

せっかく千暁様が開いてくださった宴だというのに、誰ひとりとして打ち解けることができない——。

咲子は悲しくなってうつむいた。

結局、他の妃たちと打ち解けることなどひとつもできずに宴は終わった。藤壺の女御を筆頭に、妃たちが次々と帰っていく中、身分の低い自分が先に戻るわけにはいかないと、咲子はしばらくその場に留まっていた。

誰もが咲子のそばを通る際に嘲るように笑ったり、無視したりしながら帰っていく中で、ひとりの女御が声をかけてきた。

実家が堀川にあり、堀川の女御と呼ばれる女だった。堀川の女御は襲芳舎（しゅうほうしゃ）、通称雷鳴壺（かんなりのつぼ）に住まう女御である。

「お見事でした桐壺の更衣」

「いえ、とんでもないことでございます。みなさまの歌の方がよほど素晴らしくて感動しておりました」

咲子がそう返すと、堀川の女御は声を小さくしてささやいてくる。

「あのように短い時間では、歌のひとつも作れませんよ。それなのに桐壺の更衣はきちんと歌を詠んでいらっしゃった、私は素晴らしいと思いました」

堀川の女御がそう言って穏やかにほほ笑んだので咲子も笑みを返す。

「そのように仰っていただけるなんて……。堀川の女御はお優しいのですね」

「そんなことはありませんよ。他のお妃も藤壺の女御に遠慮しているだけだと思います」

優しく話しかけてくれる堀川の女御に、咲子は初めて友人ができたかのような喜びを覚えた。

もしかしたら、堀川の女御は仲良くしてくださるかもしれない――。

そんな咲子の思いに応えるかのように、堀川の女御は咲子に声をかけた。

「桐壺の更衣、もしもよかったら今度、私の住まう雷鳴壺にいらしてください。一度、あなたとはゆっくり話してみたいと思っていたのです。菓子でもつまみながら他愛無い話でもいたしましょう」

堀川の女御の言葉に、咲子は嬉しい気持ちになる。

「ありがとうございます、ぜひ伺わせてください！」

初めての誘いに、咲子は緊張しながらも喜んで頷いた。

数日後、咲子は堀川の女御のもとを訪れていた。雷鳴壺の庭には霹靂(へきれき)の木と呼ばれる大きな木があった。桐壺とは雰囲気が違うが、趣のある庭だと咲子は思った。花が多く植えられているのは堀川の女御の好みかもしれない。いたるところからよい花の香りが漂ってくる。

咲子が雷鳴壺を訪れると、堀川の女御は明るい声で迎えてくれる。

「ようこそ桐壺の更衣、さあお入りになってください」

「この度は招待してくださってありがとうございます」

「そう畏まらないでください、どうぞお寛ぎになってくださいね」

雷鳴壺は柔らかな雰囲気のする部屋だった。堀川の女御の人柄だろう。堀川の女御は穏やかな口調で咲子に語りかけてくるので、咲子の緊張も次第にほどけてくる。

「実は、私も以前は他の女御にお仕えしていたのです。あぁ、ですが瑛仁帝から直々に声がかかったわけではありません。私がお仕えしていたのは先帝のお妃様で、瑛仁帝が即位された時に父が左大臣に頼み込んで無理矢理私を後宮に入れたのですよ」

　堀川の女御はそう言って朗らかに笑った。

「ですから他のお妃のように桐壺の更衣に対して敵対心も芽生えませんし、跡継ぎにも興味がありません。あぁ、こんなことを言っては父に叱られてしまいますね」

　ころころと笑う堀川の女御に咲子も笑顔を見せる。

「堀川の女御、声をかけてくださって本当にありがとうございました」

「そんなに畏まらないでください。私は桐壺の更衣とお友達になりたいと思っているのです」

　堀川の女御の言葉に、咲子は心の中が温かくなるのを感じた。

　嬉しい……！　私と友達になりたいと思ってくれる人がいたなんて。

　咲子と堀川の女御は互いに色々な話をした。

「私も、幼い頃に実の父を病で亡くしまして、父方の伯父の家に貰われました。伯父は優しい方ですがやはり家族として馴染むまでに時間がかかりまして、桐壺の更衣の境遇には共感する部分が多かったのです」

「苦労されたのですね……」

「いいえ、桐壺の更衣の方が計り知れない苦労をされたのだと察します」

堀川の女御はなんてお優しいのだろう……。

咲子は自分の境遇に寄り添ってくれる堀川の女御の言葉に感動を覚えた。今まで親しい友人などひとりもいなかった咲子にとって、堀川の女御の存在はあまりに嬉しいものだった。

「桐壺の更衣はお歌だけでなく貝覆いもお上手ですし、とても聞き上手でいらっしゃるからついつい私の方も色々と話したくなってしまいます」

「いいえ、堀川の女御のお話が面白いのです。先ほどの大和国にいらっしゃった頃のお話や、伊勢国でのお話も大変興味深かったです」

「そう言っていただけると話し甲斐があります」

堀川の女御の父である堀川殿は咲子の父亡き後都に戻り、中納言となっている。左大臣派に属し、大臣の右腕のような働きをしているそうだ。

「美しい挿頭花ですね」

堀川の女御は咲子の髪に挿してある桐花を模した髪飾りを褒めた。千暁が咲子のために贈ってくれた挿頭花である。

「ありがとうございます」

「帝がお選びになったものなのでしょう？　よくお似合いです」

「堀川の女御のその組紐もとても綺麗ですね、色も素敵ですし丁寧な作りです」

咲子が堀川の女御が身に着けている組紐を褒めると、堀川の女御は嬉しそうに頬を染めた。

「ありがとうございます。これはとても大切な紐なのです」

堀川の女御はそう言って大事そうに組紐を両手で包んだ。

堀川の女御は穏やかな性格で、咲子と年も近く、咲子のことを身分で差別したりもしなかった。咲子も初めてできた友達に心を開き始めていた。

みんなが寝静まり、月が空を駆ける頃、いつものように千暁が桐壺を訪れてきた。

「ようこそおいでくださいました」

「会いたかった。昨夜も会いに来たというのに、会えない昼間の時間がもどかしくなる」

「私もです」

そっと寄り添うと、千暁の体温を近くに感じて咲子は幸せな気持ちになる。

「今日はなにかよいことがあったのか？　心なしか表情がいつもよりも明るい」

千暁が尋ねると、咲子はほほ笑んで頷いた。

「はい、千暁様が会いに来てくださいましたし、お昼には堀川の女御に声をかけていただいて一緒にお話をしました」

「堀川の女御か。彼女は咲子と年も近かったような気がするな、気が合うのか？」

「はい、千暁様が宴を開いてくださったおかげです。初めてお友達ができました」

咲子が楽しそうに答えると、千暁は少しだけ拗ねたような声を出す。

「おや、幼い頃の私のことは友と呼んでくれないのか？」

「意地の悪いことを仰らないでください、幼い頃の千暁様は私の初恋の相手ですから」

咲子が頬を赤らめながら不機嫌そうな声を出すと、千暁は咲子を抱きしめた。

「どうして、何度も何度も確認したくなるのだろう。あなたのことを思うと、愛しい気持ちと不安な気持ちが綯い交ぜになる」

私も同じだ。千暁様も私と同じ気持ちでいてくれるなんて、なんて嬉しいのだろう。

「私も同じです。千暁様のことを思うと、愛しくもあり、また不安にもなります」

千暁は目を細め、そっと咲子の頬に触れてくる。夜の空気でひんやりと冷えた頬に、ぬくもりが伝わってきた。

「時折、あなたを鶯のように寝所の籠に閉じ込めておきたくなる。私だけの目にしか触れられないようにしたくなるのだ。あなたを信じているのに、どうしてこんなにも不安になるのだろうか、自分でもよくわからない」

「私は、鶯ではありませんよ。籠に入れなくても、逃げたりはいたしません。私は、私の意思であなたのそばにいたいのです。その気持ちは、未来永劫変わることはありません」

咲子はそう言ってほほ笑んだが、咲子も同じように不安を抱えていた。千暁の気持ちを信じていても、後宮ではより大きな力によって引き離されてしまうこともあるだろう。それは、咲子の思いだけではどうにもならないもの、帝である千暁の力ですら、どうすることもできないかもしれない。

かつては二度と会えないと思っていた想い人に再会し、そのうえ妃になることができた。これだけでも夢のようだというのに、人間というものは本当に欲深いものだわ。

咲子は自分の中からあふれ出てくる願いを感じてそう思った。一度手に入れてしまうと、もう二度と千暁と離れ離れになることなど考えられない。

「そろそろ戻らねばならない。明日も来たいと思うところだが、明日からしばらく物忌みでこちらに来ることができないのだ。今回は少々長くなる。なにかあったら女官から中将に伝えてくれ、必ず対応する」

「わかりました」

今一度強く抱き合うと、千暁は清涼殿の方へと戻っていく。空では満月を過ぎた月が、想い合うふたりを静かに見守っていた。

千暁が訪れない間も、咲子は堀川の女御に呼ばれては楽しいひと時を過ごしていた。

互いの部屋を何度か行き来し、生まれ育った地のことや、宮中での出来事など、様々な話をするうちに、咲子は堀川の女御と次第に仲良くなった。気軽に話し合える友人がいることは、なんて楽しいことなのだろうと、咲子は嬉しく思っていた。

堀川の女御と仲良くなり、友人として、何度か一緒に過ごしていたある日のことである。話が一息つくと、堀川の女御はおもむろに視線を庭に向けた。

「そうだ桐壺の更衣、あちらの夜顔が綺麗に花を付け始めたのですよ」

堀川の女御は庭に植えられた花のつぼみを指さした。

「夜顔ですか?」

「夜顔の花をご覧になったことはありますか? 名前の通り夜にしか咲かないのです」

「いえ、見たことはありません」

「それなら桐壺の更衣、もしよかったら今夜見に来てくださいな」

「ですが――」

「夜はみなさん寝静まっておられますし、少しくらいなら部屋を抜け出してきてもきっと大丈夫ですよ。とても綺麗な花が咲くのです、どうしても桐壺の更衣にも見てもらいたくって」

堀川の女御があまりに必死に訴えるので、咲子は迷った。千暁は物忌みで咲子のもとを訪れることができないのだから、少しくらい桐壺を空けても大丈夫かもしれないとも思う。

堀川の女御がこんなにも必死に言ってくれるのだから、断るのは失礼だわ。

悩んだ末に、咲子は頷いた。

「わかりました、ほんの少しだけでもよろしかったら」

「来ていただけますか……。では、私も庭でお待ちしておりますよ。必ずお越しください、約束です」

「はい、約束です」

咲子がにっこりとほほ笑むと、堀川の女御は曖昧な笑みを浮かべた。

あんなにも懸命に誘ってくださったのに、どうしてこんな顔をされるのだろう……。

咲子は堀川の女御の表情が少しだけ気になった。だが、それも一瞬のこと、堀川の女御がにこりと笑顔を浮かべたので、咲子は見間違いだろうとそれ以上は気にかけなかった。

「月が高い位置に昇ったら庭にいらしてください。あの夜顔のもとに」

「わかりました」

堀川の女御と約束を交わし、咲子は桐壺へと戻った。

その夜、辺りが寝静まった頃、咲子は桐壺を抜け出し堀川の女御がいる雷鳴壺を訪れた。約束の時間、月は空の高い位置で輝いている。

だが、女御と約束した夜顔の場所には誰も来ていない。咲き始めたと聞いていた夜顔も、つぼみを付けてはいるもののそのつぼみもまだ固く、花はひとつも咲いていなかった。

おかしいわ……。

咲子は固く閉ざされた雷鳴壺を見つめる。

「堀川の女御、私です、桐壺の更衣です。どこにいらっしゃいますか？」

小さな声でそうささやいた時、がさがさとなにかが走り去るような音がした。鳥だろうか――。

咲子は空が白む頃まで待ったが、結局堀川の女御が姿を見せることはなかった。

翌朝、後宮にはとある噂が広まっていた。というのも、桐壺の更衣が夜中に男と逢引きをしていたというのである。

「夜に桐壺から出ていくところを、藤壺の女御付きの女官が見ていたそうですよ」

「堀川の女御付きの女官は、桐壺の更衣が居た場所から、男が走り去るのを見たそうです」

「帝が物忌みでおひとりで過ごしていらっしゃるというのに」

「なんてはしたない。これは帝への裏切りにほかなりません」

このような噂が立てば帝の寵愛が離れるのも時間の問題だろうと、みな、咲子を笑ったのである。

千暁様のお耳にも入っているのでしょうか。どうしよう、千暁様は私が裏切りを働いたと思って心を痛めておられるかもしれない……。

陰口には慣れている咲子であったが、噂の内容に千暁が心を痛めるのではないかと心配した。

千暁のこと以外にも、咲子には悩ましいことがあった。

「えぇ……あの宴以降、少し優しくしたらずっとつきまとわれてしまって……。その、桐壺の更衣には本当に困っていたのですよ」

咲子を雷鳴壺へ呼んだ本人である堀川の女御は、咲子のことを聞かれる度にそう答えているようなのだ。挙句、咲子が雷鳴壺を訪れた時に関して尋ねられると、「あの日は、私も夜中に目が覚めまして。男の立ち去る音を聞いたような気がします」と答えているらしい。

これにはさすがの咲子も動揺を隠せなかった。

堀川の女御はどうしてそんなことを仰っているのだろう。私は、なにか勘違いをしてしまったのだろうか……。

仮に咲子が「堀川の女御に呼ばれて夜顔を見に行ったのです」と真実を告げたところで、誰も信用しないことは目に見えている。

咲子がなんと言っても信じてもらえるはずはない。それでも、普段話しかけてくることもない妃たちが意地悪く「雷鳴壺にまで行ってなにをされていたのですか」と問いかけてくる。そのたびに咲子は「夜顔を見に行っておりました」と堀川の女御の名を伏せて答えた。

その度に妃たちは「それは本当ですか？　苦しい言い訳ですね」「夜顔などひとつも咲いておりませんよ」「もう少しましな言い訳を思いつかないのでしょうか」とくすくす笑い合う。

もしかしたら、女御は夜顔の花のことではなくて、他のことを示していたのかもしれない。きちんと堀川の女御に確認をしてから庭を訪れるのだった。

咲子は自分の軽率な行動を悔やんだ。

「せっかく千暁様が宴の席を設けてくださり、堀川の女御に仲良くしていただいたというのに……」

咲子の噂はその日のうちにあっという間に広まり、どこに行っても「帝を裏切った」と後ろ指をさされるようになった。咲子が廊下を通るたびにみな冷たい目で咲子を見るのだ。

当然堀川の女御が以前のように話しかけてくることもない。咲子は再び孤独になった。

噂が立ってから数日が経ったある日、仕事を終え、桐壺に戻る途中で藤壺の近くを通ると話し声が聞こえてきた。咲子は思わず足を止め、会話に耳をそばだてる。堀川の女御の声がしたからだ。

「桐壺の更衣の一件はずいぶんな騒ぎになっていますね。上手くいきました、本当に面白いこと」

「はい……本当に。噂というものが広がるのは本当に早いものでございますね。私も驚いておりまする……」

話している相手は藤壺の女御だ。ふたりが、咲子のことを話している。その内容は、咲子にとって驚くべきものだった。

「よかった。あんなに注意したというのに、堀川の女御は桐壺の更衣とあのまま本当に仲がよくなってしまったのだと思って心配していましたよ」

「と、とんでもございません。は、始めこそ気まぐれに構っておりましたが。そうですよ……藤壺の女御のご指示がなければ、あんなにも仲良くなんて、いたしませんよ……」

「そうでしょうとも。更衣の身分、いいえ、そもそもは梨壺の女御の下女でしたね。どういう経緯で帝に気に入られたかわかりませんが、私は端から気に入らなかったのです。あなたもそうでしょう？」

「え、えぇ……仰るとおりでございます」

「えぇえぇそうでしょうとも。それにしても、上手くいきましたね、あの生意気な娘の鼻をへし折ってやれましたよ。本当にいい気味」

「え、えぇ、本当にその通りです」

高らかな藤壺の女御の声が響く。笑い合うふたりの声を聞いていられなくなった咲子は逃げるように桐壺へと帰った。

全部、嘘だったのだ……。

ここにきてようやく咲子は自分が堀川の女御に騙されたのだとわかった。

堀川の女御のことを信じていた、初めてできた友達だと思い込んでいた。全部嘘だったのだ。本当に、私はなんと愚かだったのか……。

堀川の女御は藤壺の女御と手を組み、端から咲子を陥れるつもりだったのだとようやく気がついた。

堀川の女御のことを友人だと勘違いした自分が腹立たしい。堀川の女御は、藤壺の女御に言われて咲子にすり寄ってきていたのだろう、それに気がつかなかった自分の愚かさに腹が立った。

数日が経ち、物忌みが明けた千暁が、咲子のもとを訪れてきた。当然噂のことは千暁の耳にも届いているだろう。千暁が噂についてどう思っているのか知るのが恐ろしかった。

千暁様は、私に幻滅しておられるかもしれない。

訪れた千暁に、咲子はひれ伏した。

「大変申し訳ありません」

「それは、なにに対する謝罪だろうか？」

「千暁様が私のためにと宴まで開いてくださったというのに、私の軽率な行動で千暁様にご心配をかけ、その上みなさまの信頼を損なうことになってしまいました」

庭の地面に額を付けたまま、咲子はそう告げた。千暁は咲子のもとに腰を下ろす。

「咲子、それでは真相がよくわからない。あなたが悪いのだと聞こえてしまう。ほら、顔を上げてくれ」

千暁は咲子が不義理を働いたとは思っていないのだろうか、ひどく優しい視線を向けてくる。

「私をお疑いにならないのですか？」

「あなたは私のことを噂に踊らされるような底の浅い人間だと思っているのか？　それは心外だ」

「そのように思ってなどおりません！　千暁様は誰よりも聡明であられます」

「安心してよい、私はあなたのことを信じている。あなたが私を裏切ることなどないことは、私が一番よくわかっている」

そう言って優しく咲子の身を包む千暁に、咲子は震える声で尋ねた。

「……私を信じてくださるのですか？」

「当たり前だ」

「……ありがとうございます。本当に、嬉しい……」

嬉しい、千暁様は私を信じてくれる……。このような時にでも……。

千暁のぬくもりに心が緩み、咲子は思わず涙を流した。一筋、安堵の涙が流れ落ちる。

千暁が信じていてくれたことが嬉しいのと同時に、堀川の女御に裏切られたこと、いや、端から友達ではなかったことがあまりに悲しかった。静かに泣いていた咲子が落ち着きを取り戻すと、千暁は優しくささやいた。

「私は噂など信用していない。あなたの言葉で聞きたい。どうか、私に真実を教えてくれ」

咲子は曇りない瞳で千暁を見つめ、強い口調で言い切る。

「私は、決してあなたのことを裏切ったりはいたしません。不義理を働くくらいなら、死んだ方がましです」

力強い咲子の言葉に、千暁はほほ笑みを見せた。

「それは私が一番よくわかっていると言ったはずだ。だが疑問も残る。雷鳴壺に行ったのは本当のことなのだろう。あなたはなぜ夜にあの場所に？　もしかして、誰かに呼び出されたのではないか？」

咲子は堀川の女御の名を出すかどうか悩み、答えた。

「ただ、夜顔を見に行っただけなのです」

「夜顔――」

千暁はわずかに首を傾げた。それから咲子を立たせると、着物に付いた土を払ってくれる。

「いけません！　こんなことを千暁様がなさっては」

「まだわからないのか。私はあなたのためにならなんでもしたいと思っているのだ。もう幾度となく伝えているかもしれないが、私はあなたのことを心から大切に思っている。私の皇后になるのはあなた以外に考えられない。今はまだ障害が多く、難しい状況にある。だが、どうか私を信じて待っていてほしい」

「いつまでもお待ちしております。私は気が長い方だと言いましたでしょう？　待つのは得意なのです」

「待てと言ったのは私だが、そんなに悠長なことを言われると困ってしまうな」

千暁は咲子の手を取った。先日までは見られなかったあざがある。咲子が仕事中に他の妃から新しく付けられたものだった。千暁は自分の手で優しく咲子の手を包む。

「私が無理矢理あなたを妃にしたことで、あなたを傷つけるものがいるのだろう。今回のことも誰かがあなたを陥れたのだと私にはわかる。予想がついていたことなのに、思うように守ることもできず、やめさせることもままならない。辛い思いをさせて本当に申し訳ない」

「そんなことを仰らないでください。私はとても幸せなのですから……」

咲子は自信に満ちた声で答えた。

私は幸せなのだ、幸せすぎて怖いだけ……。この幸せを、失うのが怖い。

「だが――」

「私の幸せは、私が決めるのです。私は、千暁様といることができたら幸せなのです。だから、どうか気に病まないでください。先ほどは千暁様の優しさに心が緩んでしまいましたが、私はこんなことではめげません」

堀川の女御のことは、気がつかなかった自分が悪いのだと、咲子は気を取り直した。もう、過ぎたことは忘れよう。千暁様と一緒にいる時間を、悲しい気持ちで過ごしたくはないわ。

咲子はそう思い柔らかな笑顔を見せる。

「咲子──」

千暁はいっそう強く咲子を抱きしめると、名残惜しそうに咲子の頬に触れた。

「戻らねばならないのが本当に口惜しい。このままあなたと夜を過ごせたらいいのに」

「今のままでも、私は十分に幸せです。さぁ、お戻りになってください」

咲子に促され、千暁は桐壺を後にする。堀川の女御との一件でささくれ立っていた咲子の心は、千暁と会えたことで穏やかになっていた。

　翌日、千暁は龍の中将を呼び出した。千暁の表情を見て、中将は肩をすくめてみせる。

「言われなくともなんとなくわかるぞ、あれだろう？　桐壺の更衣にかけられている疑いの件だ。左大臣は桐壺の更衣をすぐに処分しろと喚いていたぞ」

「左大臣の言うことは受け流した」

「だろうな、あのジジイ青筋を立てていたぞ。まぁ、どうせ濡れ衣なんだろう？」

「話が早いな。おまえも濡れ衣だと思うかい？」

「当たり前だ。おまえがいながら他の男と逢引きできるような器用な女には見えないからな」

　中将も咲子のことを信頼しているようであった。端から噂と思って取り合っていなかったのが見て取れる。

「私には咲子に罪がないとわかっている。だが、そうなると咲子を陥れた人間がいることになるだろう？　そこで、いくつか調べてほしいことがある」

「そんなの、桐壺の更衣に誰に騙されたのか聞けばいいだろう？」

「咲子の口から聞き出して犯人を処分できるのならいいが、咲子は弱い立場の人間だ。咲子の証言ひとつでは私以外誰も信じないだろう。だからおまえに証拠を見つけてほしい。噂では男がいたというが、本当にそこに男がいたのか。もしもいたとしたら誰がいたというのか」

「無茶を言うな。そんな雲を掴むような話、わかると思うか？」

「雷鳴壺に所縁のある者の実家から調べてくれ。そこで浮かび上がらなければ、他の妃の実家、女官の実家と少しずつ範囲を広げていく」

「おい、それを俺ひとりにやれって言うのか、無茶を言うな」

千暁の言葉に中将は呆れたような顔になる。

「ひとりでやれとは言わない、右大臣にも協力してもらう」

「右大臣ねぇ、それは頼もしい味方だ。左大臣に次いで顔が広いからな。だが、万が一左大臣家が絡んでくることがあれば話は難航するぞ」

「左大臣家の人間だったとしたら、私が直接左大臣を糾弾する」

「上手くいくかねぇ」

「とにかく時間が惜しい、まずは探し始めてくれ。そして、夜顔だ」

「夜顔？」

「私が記憶している限り、あの庭に夜顔はなかった。誰かが植えるよう指示を出したはずだ。それが誰なのかを突き止めてほしい」

「そんなのが関係あるって言うのか？」

「わからない、もしかしたらないかもしれない」

「はぁ？　そんな曖昧なことを調べろって言うのか。本当に人使いが荒いな。おまえがそんな性格だとは知らなかった。桐壺の更衣が関わると、おまえは人が変わったようになる」

「変わってなどいない、私の本質がこれなのだ。どうやら今までは猫を被っていたようだ」

中将は「はいはい」と軽く答えると、清涼殿を後にした。

日々の政（まつりごと）の間も、咲子のことが頭をかすめる。一日でも早く皇后にしたいという気持ちは、日に日に強くなるばかりだった。視線は自然と左大臣へと移る。

太政大臣のいない現朝廷において、政治を牛耳っているのは間違いなく左大臣であった。左大臣家は代々公卿に就き、権力をふるっては私腹を肥やし続けているのを千暁もよく知っていた。千暁が瑛仁帝として即位した時には、すでに左大臣はその権力を使って周りを蹴落とし、公卿、殿上人を自分の息のかかった貴族に変えてしまっていた。

今や左大臣と関係のない貴族と言えば、龍の中将と右大臣くらいなものである。他の貴族たちは左大臣の指示がなくては誰も動きはしない。千暁は日に日に自分の首が絞められているのを感じていた。今に、左大臣なしに朝廷は動かなくなる。そうさせるわけにはいかない。

「そういえば、最近東宮が学問に励んでおられるようですね」

話し合いが終わると、左大臣が話しかけてきた。

「そのようだな」

「どうでしょう、ひとつ新しい教育係を私にそろえさせてくださいませんか？　今いる者は生前、東宮のお母様が用意したもの、あれでは教養が足らないかと」

笑顔を浮かべつつも、左大臣の目はひとつも笑っていない。

なるほど、今度は東宮に取り入り、ゆくゆくは摂政にでもなるつもりか。

千暁は首を横に振る。

「教育係は今のままでいい。東宮もやる気を出しているところだ、人を替えて合わなかったら困る」

「ですが！」

「それよりも、東宮が落ち着いて勉学に励めるよう、要らぬ声をかけぬよう願いたい」

「私が東宮の邪魔をしているとでも仰られるのですか？」

「なにも左大臣のこととは言っていない。それとも、なにか心当たりがあるのか？」

そう言い放つと、左大臣は赤ら顔を更に真っ赤にした。必死で怒りを抑えているようだ。千暁は左大臣の様子など気にも留めず、清涼殿へと戻り、中将の帰りを待った。

すっかり日は落ち、夜の帳が下り始めたころ、千暁は寝所を抜け出す。咲子が更衣となってからというもの、夜が来るのが待ち遠しいと思うようになった。夜の闇は、自分から帝の皮を剝がしていくようだ。

桐壺を訪れると、咲子は月を眺めていた。

「そんなに月を見つめて、まるでかぐや姫のようだな」

「千暁様！　ようこそおいでくださいました」

自分の姿を見ると、咲子は花が綻ぶように笑う。その姿が愛しくてたまらなかった。

「私を置いて月に帰るつもりか」

「私には千暁様のもと以外に帰る場所はありませんよ」

「そもそも私はあなたを手放す気がない。仮に帰る場所があっても帰しはしない」

「私は千暁様とともにおります。なにがあっても」

咲子はほほ笑んでみせるが、本当は心細いに違いない。一日も早く咲子にかけられた疑いを払ってやらなければ。

千暁はそう強く誓った。


中将が清涼殿へと現れたのは七日ほど経ってからだった。その間、毎晩のように忍んで咲子のもとを訪れていた千暁だが、咲子が気丈にふるまっていることに心を痛めるばかりだ。早く濡れ衣を払ってやりたいと思いながらも、思うように証拠は見つからず、疑いを晴らすことができない日々に苛立ちを感じていた。

「なにかわかったのか？」

「わかったから来ているんだろう？　まずはあの夜、雷鳴壺に出入りしたらしい人物を洗い出した」

「さすがに早いな、それで？」

「恐らく、堀川殿の屋敷に勤める家来である可能性が高い……っておい、そんなに怖い顔をするな」

堀川と聞いて思わず怒りがにじみ出る。堀川の女御が咲子を騙して陥れたのだろうというのが千暁の予想だった。

「聞けば何度か忍び込んでいたかもしれない。だが、その男が出入りしていたのは桐壺の更衣が入内する前からの話だ。桐壺の更衣とは関係ない」

何度か男が忍び込んできていたと聞いて、千暁は苦い顔をした。咲子に万が一のことがあったらたまらない。

「だが、何度か忍び込んでいたとすると、その理由はなんだろうか?」

「さあな、それは俺が考えることじゃない。おまえが考えることでもないだろう? 自ずと真実は見えてくるはずだ。今はその男が忍び込んだことを事実にするなにかがほしい」

「なにか裏付けるものはなかったのか?」

「そう簡単にいくか。ここまで調べるだけでも大変だったんだ。俺の仕事はこれだけじゃないんだからな」

中将は一度眉をひそめ、不機嫌そうな顔になる。それから表情を戻して「次に」と報告を続けた。

「夜顔のことなんだが、あれは堀川の女御の指示で植え替えられたらしい。女御が夜に咲く花が見たいとかけ合ったそうだ。そこで別の場所で植えられていた夜顔を雷鳴壺の庭に植え替えたと言っていた」

「それはいつ頃の話だ？」

「それも桐壺の更衣が入内する前だ、一年半くらい前だって言っていたかな？　それ以来毎年植えられているらしい」

「私は、堀川の女御が咲子をそそのかしたのだと思っている。夜に、夜顔の花を見ようと誘ったのは女御の方だろう」

「だろうな」

「桐壺付きの女官の話では、咲子は雷鳴壺の庭でずっと女御を待っていた。その時に男が現れた――」

「ということはないだろうな。それなら桐壺の更衣はもっと取り乱したはずだ」

「咲子が無事でよかったが、堀川の女御のことは赦し難い、咲子は堀川の女御のことを信頼し、初めて友人ができたと喜んでいたのだ。それを裏切った罪は重い」

「今まで後宮でのいざこざには見向きもしなかったおまえがすごい変わりようだ」

「当たり前だ」

「暗躍する俺の身にもなれよ」

「感謝している。ありがとう龍」

千暁に礼など言われると、中将はなにも言えなくなる。

「最後に、率先して噂を流していたのは藤壺の女御付きの女官たちだったことがわかった。噂は半日足らずで後宮中に広まったようだ。まるで前もって示し合わせていたかのような素早さだな」

「なるほど。そうなると、堀川の女御と藤壺の女御が共犯である可能性も出てくる」

「それを暴くのは難しそうだ。なんと言っても相手はあの藤壺の女御だ。仮に堀川の女御がつかまったとしても、女御を切り捨て、自分は知らぬ存ぜぬを通すだろうよ」

ズシリと、床を踏みしめるような足音がして中将は話を止める。千暁の前に跪くと、「引き続き調査いたします」と畏まって下がった。入れ替わりに左大臣が入ってくる。

「今のは龍の中将でしたな、あの若造も少しは礼儀を弁えてきたようですな。以前から帝に対してあまりに非礼であるので他の者に入れ替えを検討しておりましたのに」

「龍は私の右腕、簡単に代えることは赦さない」

「そうですか、私もあなたの右腕だと思うておりますのに」

本当に、忌々しいやつだ。

つまらぬ嘘を吐くものだと千暁は今にも出そうになるため息をのみ込んだ。右腕がずいぶんと勝手に動くものだと文句のひとつも言ってやりたくなる。

「ところで左大臣、呼びもしないのにわざわざこんなところに姿を見せるとは、なにか相談事があるのか？」

「お呼びいただけましたらすぐにはせ参じますのに。帝は私にずいぶんと遠慮していらっしゃる」

千暁はよくもまあ次から次へと方便が出てくるものだと呆れかえった。

「話したいことがあるなら早く申せ」

「えぇ、ではお言葉に甘えまして、ご相談というのは娘のことです。娘が帝から少しも声がかからないのだとひどく嘆いておりました。寂しさから気を病んで今にも床に臥せってしまいそうです。父親として、可愛い娘のことが心配になりまして、どうか今一度娘を閨に呼んでやってくださいませんか」

「そのような気分にはなれない」

きっぱりと断ると、左大臣は眉を吊り上げた。顔は笑顔を取り繕っているが、その目はひとつも笑っていない。

「聞くところによると、帝は身分の低い妃にずいぶんと入れ込んでおられるとか」

左大臣が話の矛先を違う方向へと向けたので、千暁は更に眉をひそめた。どうやら、左大臣は咲子のことを言っているらしい。

「なんの話だ」

「血というものは本当に恐ろしい。お父上がお嘆きですよ。恐らく母親の血が濃かったのでしょうね、それとも、本当にお父上のお子でしょうか……」

「左大臣、はっきり言ったらどうだ。おまえは私が帝位についていることが気に入らないのだろう」

「いいえいいえ、とんでもないことでございます。言葉が過ぎました。私の世迷い言でございます。とにかく、これ以上汚れた血が混ざり込むのを懸念しているのでございます。その点、娘は由緒正しい血筋、手前味噌ですが容姿も大変美しく、教養も申し分ないかと。どうかおそばに侍らせてやってください」

もう、会話などひとつもしたくなかった。顔も見たくない。千暁は一言「下がれ」と告げると、左大臣を追い出した。

堀川の女御と過ごしていた楽しいひと時が幻想であったのだとわかり、咲子は落胆していた。だが、要らぬ心配をかけないよう、それを千暁に悟られるわけにはいかない。千暁と一緒にいられる夜は、極力笑顔でいようと心に決めていた。

嫌がらせはあるものの、慶子の世話をしていたころに比べたらその辛さは軽いものである。桐壺付きの女官たちはみな親切であり、その上、今は千暁がいてくれる。慶子に仕えて、思い出の少年に恋心を抱いていた頃よりも、遥かに幸せであった。

ただ、幸せな分だけ失うことも怖くなる。堀川の女御との間に芽生えたと思っていた友情は幻想であった。一度得たものが崩れ落ち、咲子は失うことの恐ろしさを味わったのである。千暁を失うことなど、恐ろしすぎて咲子にはもう考えることができなかった。

昼間は相変わらずひとり黙々と更衣の仕事をこなし、千暁と過ごす短い時間を心の拠り所にしていたのである。

「咲子殿、遊びに来ましたよ」

「まぁ千寿丸様、お待ちしておりました」

可愛らしい来訪者に咲子は目を細める。

「もっと早くに来たかったのですが、咲子殿の先生になると約束したので、きちんとお勉強をこなしてから来たかったのです。今日は季語について学んでまいりましたから、咲子殿にもお教えしたいと思います」

「まぁ、それは楽しみですね」

咲子はこの可愛らしい先生と一緒に、ひとつひとつ季語を挙げていく。春の季語、夏の季語、秋の季語、そして冬に至るまで、幼い教師はきちんと挙げることができた。

「千寿丸様、たくさんの季語を教えてくださってありがとうございます」

「また知り得たことがあれば教えに来ますね」

咲子にお礼を言われ、得意になった千寿丸は嬉しそうに笑った。それから、ひょいと懐から紐のようなものを取り出して見せる。

「そうだ、これを咲子殿にあげます」

丁寧に編まれた組紐を見て、堀川の女御のことが咲子の頭をかすめた。

堀川の女御が持っていたものと模様が似ているけれど、少し違うわ。こちらの方が落ち着いた色味になってる。

「咲子殿、どうされましたか？」

堀川の女御のことを思い出し、悲しい気持ちになったことが表情に現れていたのだろう。

いけない、千寿丸様に心配をかけてしまうわ。

咲子はにっこりと笑顔になる。

「とても綺麗ですね」

「でしょう？　拾ったのです。咲子殿に差し上げます」

「それはいけません。落として困っている方がいるはずです。持ち主を探してみましょう」

美しい赤い糸で丁寧に編み上げられた組紐を手に取ると、女官たちに尋ね歩くことにする。桐壺の女官たちが知らないと首を横に振るので、他の女官たちにも尋ね歩こうとした。だが、みな咲子が近寄ろうとすると蜘蛛の子を散らしたようにいなくなってしまうのだ。そして影からひそひそとなにか話し合うような声がする。会話ひとつできる状況ではなかった。

「私では持ち主を見つけてあげられないかもしれません。お忙しい中申し訳ないとは思うのですが、龍の中将様にお願いしようと思います。千寿丸様、この組紐がどこに落ちていたのか教えていただけますか？」

「いいですよ、これは雷鳴壺の庭で見つけたのです」

「雷鳴壺？」

咲子は眉をひそめる。堀川の女御のことが嫌でも思い浮かび、悲しい気持ちがこみ上げてくる。だが、千寿丸を心配させないようすぐに笑顔になった。

「そうです、雷鳴壺の茂みの中に落ちていました」

「あら、また茂みですか？　千寿丸様はまるで子猫のように好奇心が旺盛ですね」

千寿丸から組紐を受け取ると、咲子は女官に頼んで龍の中将に組紐を託すことにした。雷鳴壺の茂みに落ちていたこと、千寿丸が見つけたこと、持ち主を見つけて返してほしい旨を手紙にしたためる。

もしかしたら堀川の女御のものかもしれない。だけど、自分で尋ねる勇気が出ないわ。堀川の女御に向かって、どんな顔をしたらよいのかわからないもの……。

「大切に編んだ紐が持ち主に届きますように」

祈りとともに組紐を女官に手渡した。

組紐を中将へと託してから数日、後宮は大騒ぎになった。騒ぎは遠く、後宮の端に位置する桐壺の咲子の耳にまで届く。

「桐壺の更衣、お聞きになりましたか。あの組紐の持ち主についてです」

「組紐の持ち主が見つかったのですか？」

それはよかった、と言いかけた咲子の言葉を女官は遮る。

「なんでも堀川中納言殿の家に仕える武士（もののふ）の持ち物だったそうですよ」

女官の言葉を聞いた咲子は表情を曇らせた。

「あの日現れた男は堀川家の武士だったのだということになって大騒ぎですよ」

「それで、例の逢引きは桐壺の更衣への濡れ衣だったのではないかともっぱらの噂です。堀川の女御が男と会っていたのを見つかりそうになり、桐壺の更衣へと罪を擦りつけたのだと」

「桐壺の更衣には帝がただならぬ寵愛を注いでおられるではありませんか。私たちも、他の男と会うなんておかしいと思っていたのです」

桐壺の女官たちは口々に咲子を擁護する。後宮は堀川の女御に対する噂で持ち切りになった。後宮に野蛮な武士を呼ぶなどとんでもない、そもそもふたりで会うなど帝への裏切りだと、口々に罵り始めた。

濡れ衣が晴れたのは嬉しいことだが、代わりに堀川の女御の悪口が耳に入るのはいい気がしなかった。

「桐壺の更衣もどうして黙っておられたのですか。本当は堀川の女御に呼び出されたのではありませんか？」

などと女官に詰め寄られると困り果ててしまった。

ここは本当に恐ろしい場所だわ……。

後宮の妃や女官たちの態度を見て咲子は思った。つい最近まで堀川の女御と楽しそうに話していた妃や女官たちはすっかり手のひらを返し、堀川の女御の陰口を叩くようになった。

藤壺の女御の態度は特に顕著で、「私は前々から怪しいと思っていたのです」などと声を高らかにして話していた。

藤壺の女御は、堀川の女御を見放してしまわれたのだわ。

以前藤壺の女御と堀川の女御の会話を聞いていた咲子には、藤壺の女御が堀川の女御を切り捨てたのだとわかった。

堀川の女御は後宮で孤立し、ついには後宮を去ることが決まった。離縁を願い出たのは堀川の女御の方からだった。

咲子はひとり雷鳴壺に赴き、庭の夜顔を眺めることにした。固く口をつぐんでいたつぼみは綻び始め、今にも可憐な花を咲かせそうである。

「桐壺の更衣、私をお笑いになりに来たのですか？」

雷鳴壺の部屋から堀川の女御が姿を見せた。咲子はそっぽを向く堀川の女御の横顔を見た。心労のためか、ずいぶんとやつれて見える。肌は荒れ、髪の毛にも艶がなかった。

数日でこんなにやつれて……よほどお辛い思いをされたのだわ。

「堀川の女御、もしかしたら武士が持っていたというあの組紐は、あなたが編んだものではないかと思ったのです」

咲子が話しかけると、堀川の女御はそっぽを向いたまま言葉をつむぐ。

「聞きましたよ、組紐を中将殿に渡したのはあなただそうですね、私に復讐をなさるおつもりだったのでしょう？　まさか組紐が落ちていたなんて……。あの紐を見た時は肝が冷えました。私は知らないと答えたのに、それを自分のものだと言うなど愚かなこと……。どうやら、天はあなたに味方したようです。濡れ衣が晴れてよかったですね……」

そこまで言葉にすると、堀川の女御は袖で顔を覆った。すすり泣く声が辺りに響く。涙を流す堀川の女御に咲子は優しく声をかけた。

「あの組紐は、武士にとってとても大切なものだったのでしょう。だからこそ、危険を承知で自分のものだと名乗りを上げたのだと思います。組紐を失うくらいなら、罰を受けた方がよいと思ったのではないでしょうか。彼の武士は処分されるでしょう、もしかしたらあなたも後宮から去らなくてはならなくなるかもしれないと、武士にもわかっていたはずです」

「なにが言いたいのです」

「それほど、彼の武士にとって組紐は大事なものだった。あなたと彼の武士は、強く想い合っていたのではないかと思いました。もちろん私の想像にすぎません。夜顔は、夜に庭に出る絶好の口実です。あなたには夜顔を眺めるふりをしてまで会いたいと思う相手がいたのではないでしょうか。ですが、あなたは帝の妃にならなければならなかった。あの組紐はあなたが後宮に入る前に武士に贈ったものなのではないかと、思ったのです」

やっぱり、組紐を千寿丸様から受け取った時に勇気を持って堀川の女御に尋ねるべきだった。そうすれば、あの時堀川の女御に返すことができたのに……。私が臆病なばかりにこんなことに……。

咲子の言葉に堀川の女御は驚いたように目を見開き、それから視線を落とした。

「ですが、名乗り出たら私にも被害が及ぶことくらい、容易にわかったこと……。彼はなぜそんなことを……」

咲子にはわかるような気がした。なぜ、武士はその紐を自分のものだと言ったのか——。

「おそらく彼の武士は、自分が勝手にあなたに会いに来たと言うつもりだったのでしょう。そうすれば、自分は罰せられてもあなたのことは守ることができるかもしれない。ですが、どこかで話がねじ曲がったのではないでしょうか。あなたが後宮を去ることになり、彼の武士は悔いているかもしれない」

「…………」

咲子の言葉に、堀川の女御はすっかり黙り込んでしまった。

「私にも、永く想う相手がおりました。辛く、苦しい日々、彼の人との思い出が私を支えていてくれました。二度と会えることはないと諦めておりましたが、人生とはわからぬもの。今、彼の人と添い遂げることができ、私はとても幸せなのです。堀川の女御にも、想う相手がいらっしゃるなら、諦めないでお父様を説得なさいませ。身分など、気にする必要はありません」

きっと堀川の女御にとってその武士はとても大切な人なのだ。私にとっての、帝のように……。

「偉そうなことを仰るのね。私はあなたのように強か（したた）ではありません」

堀川の女御はそう言いつつも、咲子の言葉に晴れやかな顔をする。

「ですが、少し勇気が出ました。ありがとう」

「桐壺の更衣、私の話を少しだけ聞いてください。彼の者は、私の実父に仕えていた武士の子でした。父の死後、私とともに伯父のもとに来てくれました。楽しい時も、辛い時も、いつも一緒だった……。更衣の言うように、誰よりも大切な人なのです」

堀川の女御は涙を拭き、咲子を見た。わずかにほほ笑んでいるように見える。

「今となっては信じてはいただけないかもしれませんが、私ははじめ、本当にあなたと友達になるつもりでいたのです。あなたと過ごす時間は本当に楽しかった……」

堀川の女御の言葉に、咲子は驚き、目を見開いた。

堀川の女御は本当に友達になってくれようとしていたのだ。あの時間は、偽りではなかった……！

嬉しさで胸が熱くなる。それから、咲子は優しい眼差しで堀川の女御を見た。堀川の女御は言葉を続ける。

「ですが、ある日私のもとに藤壺の女御がいらっしゃいました。私が彼の武士と逢引きしているのを知っていると言うのです。真実はわかりませんが、一昨年夜顔を植えた後に二度ほど、彼の者が私に会いに来てくれたものですから。それをご覧になっていたのかもしれません。帝への裏切りをばらされたくなければ桐壺の更衣を陥れろと仰られました。私は、本当に弱く、自分の罪をみんなに知られるのが怖くて……。藤壺の女御に命じられるまま、あの夜彼の者を呼びつけ、あなたのことを貶めるようなことをしてしまいました。本当に、申し訳ありませんでした」

ひれ伏す堀川の女御に、咲子は優しく声をかける。

「もうよいのです。それに、信じますよ、私は。自分が本当だと思うことは、信じます」

「本当に……？」

「はい。私は堀川の女御とお友達になれて嬉しかった。一緒に過ごす時間はとても楽しいものでした。それが嘘であったのだとわかり、ひどく落胆したものです。ですが、堀川の女御は今、自分も楽しかったと仰ってくれました。私はその言葉を信じます」

「桐壺の更衣……。ありがとう……、本当に」

堀川の女御の頬を流れる涙を、咲子は手拭いで拭ってやる。

「実家に戻られましたら、彼の者を処分されないよう必死にお守りになってください。堀川の女御なら、きっとできます。勇気をお出しになってください。あなたは、弱い人間ではありません」

咲子の言葉に、堀川の女御はようやく泣きやむと表情を引き締めた。目に強い光を宿して頷く。

「はい、私にできるすべてのことを彼の者のためにしたいと思います」

それから、と堀川の女御は続けた。

「桐壺の更衣、私はあなたのことが好きでした。もしも罪を赦されるなら、これから本当に友人になってはいただけませんか？」

「もちろんです！」

咲子が答えると、堀川の女御は笑顔になる。

「文を書かせてください。欠かさず送ります」

「私も、文をお出しします」

堀川の女御は嬉しそうに笑顔を見せてから、表情を引き締め、声をひそめて咲子の耳元でささやいた。

「桐壺の更衣、藤壺の女御にはよくよく注意してください。自分の手を汚さず、気に入らない人間を貶めようとするお人です。帝の寵愛を受ける桐壺の更衣は藤壺の女御にとって最も疎ましい存在となっております。どうか、くれぐれもお気を付けて」

「ご忠告痛み入ります。堀川の女御、どうかお元気で」

見送る者のいない堀川の女御を、咲子はただひとり見送った。

最後に堀川の女御の本心を聞くことができてよかったと、咲子は嬉しく思った。それと同時に、藤壺の女御への強い嫌悪感を抱いた。咲子が気に入らないのであれば、直接手を下してくればよいものを、堀川の女御を巻き込み、咲子と堀川の女御の友情を引き裂こうとした。後宮の妃たちの中で最も権力を持つ藤壺の女御と、今後どう渡り合っていくべきか、考える必要がある。こういうことは、一度や二度ではないかもしれない。咲子は高い空を見上げ、これからも千暁のもとにいられるよう、強くありたいと思った。

第三章　後宮に桐の花が咲く

山々に降り積もった雪が解け始め、桜の花が綻び始めたころ、咲子は初めて藤壺の女御の催す宴に招待された。藤壺の女御は今まで一度も咲子を自身の宴に招待したことはない。

今まで見向きもされなかったのに突然宴に招待してくださるなんて、いったいどういうことかしら……。

不思議に思いつつも、断るわけにはいかない。宴当日、咲子は藤壺へと出向いた。

清涼殿からほど近くにある藤壺には、藤の花が植えられ、季節になるとそれは美しい花を付ける。藤壺の女御は婚前、優れた知性や容姿から、かの有名な源氏物語の登場人物になぞらえ〝紫の君〟と呼ばれていた。そのため、藤壺を賜ったという経緯がある。だが、実際に入内した藤壺の女御は非常に気が強く傲慢で、かの〝紫の上〟とは程遠いと後宮内ではささやかれていた。

藤の季節は過ぎたが、藤壺の庭には美しい花々が咲き、咲子の住まう桐壺とは比べ物にならないほど豪華な造りだった。

藤壺の女御からの誘いに遅れるわけにはいかない。咲子はそう思い、開催の時間よりも早めに桐壺を出た。

だが、咲子が約束の時間よりも少し早めに藤壺に着くと、すでに宴は始められていた。どうやら咲子が聞かされていたよりも早い時間より始まったらしい。当然遅れてくることとなった咲子は深々と頭を下げた。

「遅れてしまい申し訳ございません。この度はご招待くださりありがとうございます」

咲子が謝罪と礼を述べると藤壺の女御は咲子をギロリと睨んでからにっこりと目を細めた。

「桐壺は遠いですからね、遅れてしまうのも無理はありません」

藤壺の女御が言うと、女御の周りに侍っていた女官たちがくすくすと笑い声を立てた。

「下賤の者は時間に疎いようですね」

「礼儀に欠けているのですよ」

「せっかく藤壺の女御がお声がけしてくださったというのに、無礼なことです」

藤壺付きの女官たちの言葉を咲子は気に留めることなく、空いていた末席に腰かけた。

藤壺の女御が歌を詠み、それに返すように他の妃たちも次々に歌を披露していく。

最後に咲子のところまで来ると、咲子はこれから盛りを迎える藤の美しさを歌に詠もうとしたが、咲子が口を開く前に藤壺の女御が口を開いた。

「そろそろ喉が渇いてきました。お腹も空いたところでしょう？　みなさんに菓子と白湯をふるまいましょう」

咲子が和歌を詠む前に、女官が菓子を運んでくる。妃たちの目の前には、次々と菓子と湯のみが置かれた。誰ひとりとして、咲子には目もくれない。仕方なく咲子は歌を詠むことを諦めた。

なるほど、これは自分を貶めるための宴なのだろう。

突然宴に招待するなど、どういう腹づもりかと思ったが、藤壺の女御の今までの行動からしても合点がいった。

この宴では、よくよく注意をしなければいけない。咲子は藤壺の女御の動きに注意を払うことにした。

次々と菓子と白湯が運ばれてくるが、当然、咲子の前には菓子も白湯も置かれない。女官たちはまるで咲子が見えていないかのようにふるまった。

どうするべきか、咲子が注意深く周りをうかがっていると、藤壺の女官がいる辺りからかすかな悲鳴が聞こえてきた。咲子が声のした方へ視線を向けると、青い顔をした女官が茣蓙の上にひれ伏している。

その前では、藤壺の女御が怒りを露わにしているのが見えた。

「和子！　またおまえですか、本当に鈍くさい。私が火傷でもしたらどう責任を取るつもりです！　おまえのような女官、父親がお父様の部下でなければあっという間に首を切ってしまうところですよ」

金切り声を上げる藤壺の女御のそばには湯のみが転がっている。着物から覗く女官の細い腕には、赤黒いあざがいくつもついていた。女官の姿が、かつて慶子に虐げられていた自分と重なる。

「おまえという女は本当に使えない。お父様に言いつけて父親ごと仕事を奪ってやろうかしら」

「も、申し訳ございません！　これは私の粗相、父とは関係のないことでございます。どうかご慈悲を……！」

「関係ないことがあるものですか、おまえのようなできの悪い娘を育てた親には多大な責任があります。少しくらい反省できないものかしら！」

藤壺の女御はそう言うと、持っていた扇を振り上げた。女官の顔目がけて扇を振り下ろそうとする瞬間、咲子が止めに入る。

「おやめください」

凛とした咲子の声が藤壺の庭に響き、女御はぴたりと手を止めた。

「今、私に指図をしたのは誰かしら？」

誰もが藤壺の女御から視線を逸らす中、咲子だけはじっと藤壺の女御を見据えた。

「失礼ながら、失敗は誰にでもあることでございます。今一度お見逃しください。幸いお怪我はない様子」

そう言ってから、咲子は藤壺の女御のもとへと歩み寄りその場に跪くと懐から上等な手拭いを取り出した。千暁からの贈り物のひとつだ。

「お着物が濡れてしまったようですので、こちらをお使いになってください」

藤壺の女御の怒りは女官から咲子へとその矛先を変えた。女御は立ち上がり、咲子の頬目がけて手を振り降ろす。

パンッと尖った音が響いた。女御の扇が、咲子の頬を叩く。辺りに妃たちの小さな悲鳴が響いた。

「野良犬には躾が必要というもの。目上の者に指図をするなど、躾がなっていない証拠です。帝が気まぐれにどこからか拾ってこられたようですが、おまえのようにろくな躾もされていない下賤の者、慈悲深い帝もすぐに飽きておしまいですよ。今は帝に可愛がられているようですが、それも長くは続かないでしょう。精々哀れに思われている今に縋ることです。後ろ盾のない更衣など、すぐに後宮を追われることでしょう。大きな顔をして私にものが言えるのも今のうちですよ、今に見ていなさい！」

藤壺の女御は咲子に向かってそう吐き捨てると、庭から部屋の中へと戻ってしまった。自然と宴はお開きになる。咲子は残された来賓たちに深々と頭を下げた。

「楽しい宴に水を差してしまい、申し訳ありませんでした。みなさま、どうぞ各お部屋にお戻りになり、お休みになられてください」

そろそろと戻り始める妃たちは、みな、咲子を憐れむような目で見た。こうも正面を切って女御に対してものを言った妃は他にはいない。もとより藤壺の女御に目をつけられていた咲子であったが、藤壺の女御は咲子を徹底的に排除するべき敵だと判断したことだろう。いくら帝の愛が深くとも、左大臣を父親に持つ藤壺の女御に睨まれれば、いずれひどい目に遭うだろうと誰もが思った。今度後宮を去るのは桐壺の更衣に違いない、と。

「では、私もお暇しましょう」

周りを心配させないよう、咲子は柔らかい笑顔を見せてから桐壺へと帰った。

その夜、咲子は満月を過ぎて欠けていく月を見上げていた。昼間、藤壺の女御に叩かれた頬がわずかに痛むが気になるほどではない。誰かが土を踏む音がして振り返る。

「千暁様、ようこそおいでくださいました」

咲子が笑顔で迎えると、千暁は咲子の傍らに立つ。

「龍から聞いたぞ。藤壺の女御から女官を救ったそうだな」

「救ったなど、とんでもありません。身分も弁えず藤壺の女御のなさることに口を挟んでしまいました。お恥ずかしい限りです」

「いや、よくやった。正直に言うと、藤壺の女御には私も手を焼いているのだ。彼女の父上は左大臣を務めているから無下にはできない。咲子も知っての通り、左大臣は朝廷において多大な権力を持っているのだ。私は常々左大臣と反りが合わず、意見がぶつかってばかりいる。左大臣も、私のことが疎ましくて仕方がないだろう」

千暁はそう言うと疲れたように目を閉じた。

お疲れなんだわ……。

咲子は疲れた様子を見せる千暁の背にそっと手を当てる。

「私などでは想像もつかぬようなお辛いことがおありなのでしょう。どうか、ここにいる間は政のことは忘れてくださいませ」

「そうだな、この時間だけは、私が私でいられるのだから」

ふたりは並んで空を見上げ、他愛無い話をしたり、月の美しさに歌など詠み合ったりと穏やかなひと時を過ごした。千暁と過ごすこのわずかな時間が、咲子の中に広がる大きな不安を払拭していくのだった。

藤壺の女御の宴から数日後、桐壺をひとりの女官が訪れた。宴の日に白湯をこぼした女官である。

「藤壺の女御に、異動を命じられました。縫殿寮(ぬいどのりょう)からは桐壺の更衣にお仕えしろと申し付けられました」

「私は聞いていないのですが、誰か異動を聞いている人はいますか？」

そのような話は咲子には届いていない。咲子が女官たちを見回しても、みな首を傾げた。急な人事異動だったのだろう。先日の宴が影響していることは確かである。困惑の色を見せる女官たちに、咲子は微笑んで見せた。

「急な決定だったのでしょう。私は歓迎いたします。よく来てくれました、これからよろしくお願いいたします」

咲子の言葉に、女官は深々と頭を下げた。女官は左少弁の娘で、名を和子といった。和子は少々不器用であったがおっとりとした性格の、気性の穏やかな女官で、桐壺の女官たちにもすぐに溶け込んだ。

あくる日、千暁から見事な琴が届いた。生憎咲子は琴を弾くことができない。誰か弾ける女官がいたら教えてもらおうかと思い、女官たちを見回すと、和子が目を輝かせていることに気がついた。

「和子は琴が弾けるのかしら？」

声をかけると、和子は少し遅れてから返事をする。

「は、はい、ほんの少しだけ」

「本当ですか！　では、よかったら弾いてくれませんか？」

咲子が促すと、和子は慌てた様子で頭を下げた。

「と、とんでもないことでございます。その琴は帝が桐壺の更衣に贈ったもの。私が弾くわけにはいきません」

「ですが、私は琴を習いたいと思っているのです。帝が贈ってくださった琴を弾けるようになりたいですし。和子が弾けるなら、教えてくれませんか？」

咲子が尋ねると、和子は頬を赤らめた。

「私、自分の琴を持ってきてもよろしいでしょうか？　幼い頃から母に仕込まれましたので、私などでもよろしければ、少しお教えできると思います」

数日の後、和子は実家から琴を持ち込んだ。慣れた様子で爪をはめ、琴を鳴らす。耳障りのよい音が、桐壺を包んだ。

和子の琴に聞き入り、曲が終わると咲子は和子を褒めた。

「素晴らしい演奏でした！　ぜひ、私に琴を教えてください」

「本当に、私などでもよろしいのでしょうか？」

「もちろんです、私は和子に教わりたいと思っていましたから。よろしくお願いしますよ」

和子は嬉しそうに笑顔を見せてから、咲子に琴の扱い方を教え始めた。和子の教え方は丁寧でわかりやすく、咲子は見る見るうちに琴を弾けるようになった。

「桐壺の更衣は筋がいいですね」

「いえ、和子の教え方がよいのです」

「この調子で上達なさったら、すぐに帝にも披露できるようになりますよ」

和子も咲子の上達が嬉しいようであった。

桜が咲き誇る時期になると、咲子は庭に琴を持ち出して演奏をするようになった。和子と一緒に琴を並べ、演奏される音は後宮のみならず、朝廷に足を運ぶ貴族たちの耳も楽しませたのである。

夜の帳が下りると、桐壺を訪れた千暁も咲子の演奏を大層褒めた。

「清涼殿まであなたの弾く琴の音が届く。心地よい音色にとても癒されるのだ。あなたに琴を贈って本当によかった。今度は私のためだけに弾いてもらいたいものだ」

「私などの演奏でもよろしければ、喜んで！」

「よい琴を見つけて、あなたに弾いてもらいたいと思ったのだが、実際に贈って正解だった。あなたに琴を弾くのかどうか確認する前に贈ってしまったのだが、あなたが琴の名手だと知っていたらもっと早くに贈ればよかった」

そう言う千暁に咲子は首を横に振った。

「私はもともと琴を弾くことはできなかったのです。習ったことがありませんでしたし、そもそも琴に触れる機会がありませんでしたから」

慶子は琴の練習を嫌い、八重邸でも後宮でも咲子が琴に触れる機会はなかった。

「では、どうして弾けるように？」

「琴を贈っていただいてから習ったのです。素晴らしい先生がいたのです」

首を傾げる千暁に、咲子はほほ笑んで答えた。

「藤壺の女御のもとから異動してきた和子という女官がいるのですが、彼の者が琴の名手だったのです。教え方も上手で、私のような不慣れな者でもすぐに上達いたしました」

「咲子のもとにそのような女官がいたとは知らなかった。咲子に関する人事は一通り目を通しているつもりだったのだが、見落としていたのだろう。だが、よかった」

「はい、以前から琴を弾いてみたいと思っていたのです。千暁様のおかげで琴を弾けるようになりました。贈ってくださって本当にありがとうございました」

嬉しそうにほほ笑む咲子に、千暁は愛おしそうな眼差しを向ける。

「そういえば、もうすぐ賀茂祭だ、あなたも楽しんでくるといい」

「はい、桐壺の女官たちと見に行こうと思います。私は初めて見に行くことになるので、とても楽しみにしているのです」

「そうか、あなたは都に住みながらもずっと賀茂祭を見に行く機会がなかったのだな……」

「はい、それだけ今年の楽しみが大きくなりました」

「なるほど、そういう考え方もあるな。あなたには学ぶことが多い。今年からは毎年楽しんできてくれ」

優しくほほ笑む千暁に、咲子も笑顔を返した。

桜の季節は瞬く間に過ぎ、花びらが散るのとともに新緑の眩しい五月が訪れると、後宮の妃や女官たちは賀茂祭の話に花を咲かせた。

「斎院様はさぞお美しいことでしょう」

「勅使のお姿が見られるのが楽しみです。よい位置で見ることができるかしら」

「久しぶりに市にも寄りましょう」

咲子は賀茂祭を見たことがない。八重邸にいる時は、伯父家族が出かけていく中、留守を預かるのが常だった。今年は見に行けるのかもしれないと思うと心が弾む。

すごく楽しみだわ、桐壺のみんなにも楽しんでもらいましょう。

咲子の気持ちを察したように、ひとりの女官が口を開く。

「牛車をご用意いたしますから、桐壺の更衣もお出かけになってはいかがでしょう」

「ぜひそうできたらと思っていました、牛車の用意を頼めますか？」

「もちろんです、お任せください」

「私だけ行くわけにはいきません、みんなも楽しんできて」

咲子の言葉に、女官たちも嬉しそうに声を上げた。咲子は部屋の隅で少し元気のなさそうな様子の和子に声をかける。

「和子は賀茂祭を見るのは初めてかしら？」

咲子の問いかけに、和子は少し間をおいてからはっとしたように「いえ」と答える。

「後宮に来るまでは毎年家族で見に行っておりました。こちらに来てからは、女御がお気に召した女官しか連れていかなかったものですから、私は留守を預かっておりました」

「では今年は一緒に行きましょう」

「よいのですか？」

「もちろん、一緒に参りましょう」

「で、では、あ、あの、私が牛車の手配をいたします」

「そうですか？　そうしてもらえると助かります」

「お、お任せください」

「よろしくお願いね、和子。楽しみですね」

咲子は話に聞く賀茂祭の奉幣使（ほうべいし）の行列を見るのを楽しみにしていた。

賀茂祭当日、和子が牛車を手配してくれることになっていたのだが、どうやら上手く連絡が取れていなかったらしい。咲子が出かける時には、紫糸の牛車はみな出払ってしまった後だった。他に牛車は残っていない。

「も、申し訳ございません」

謝る和子に咲子は首を横に振る。

「なにも賀茂祭は今年に限ったことではありません。用意できなかったものは仕方がありませんから。来年また出かけることにいたしましょう」

賀茂祭に出向けなかった咲子に対し、和子は「あ、あの。それでは、お忍びで市にだけでも行きませんか」と声をかけた。

「市ですか……、とても興味があります」

「よかった。では、私が案内いたします」

和子の心意気を受け取った咲子は、そろそろと戻ってきた牛車に乗り出かけていったのである。

なにか千暁様にお贈りできるものが見つかればいいのだけれど……。

通りは人々で賑わっていた。咲子はなにか千暁へ贈れるものが見つからないかと品物を探すことにする。

色々と見て回っていると、和子が声をかけてきた。

「なにかお探しですか？」

「えぇ、帝から贈り物をいただいてばかりなので、今日は私から贈るものを探したいと思っているのです」

「そうですね、なにか素敵なものはないでしょうか……」

咲子と一緒に市に並ぶ品々を見ていた和子は、一軒の店の前で立ち止まった。

「ご覧ください桐壺の更衣、見事な銀細工がありますよ」

和子が示す店を見ると、精巧な作りの銀細工が並べてあった。どれも美しい作りのものばかりである。

「どれも素敵ですね」

「帝への贈り物をお探しなのですよね？」

「えぇ、日頃のお礼や、先日の琴のお礼もしたいなと思うのです」

「で、では、やはり銀細工などが美しくてよいと思います」

「銀細工、そうですね……」

咲子が銀細工を眺めながらどれを選ぼうかと首をひねっていると、和子が話しかけてくる。

「銀の箸や器などはいかがでしょうか？」

「箸や器？」

「はい、これなど細工も美しいですし、帝もお喜びのことと思います。銀はすべてとは言いませんが、毒を見分けるのにも役立ちますから」

「毒……ですか……」

千暁様から、少しでも危険を遠ざけることができるなら――。

なにを贈るべきか悩みに悩んで、咲子は結局銀の箸を贈ることに決めた。

銀細工の箸は、毒を見分けることもできると和子が言ったのが決め手である。気休めにすぎなくとも、千暁の命を少しでも守ることができたらと、願いを込めて買って帰った。

その夜、千暁がいつものように桐壺を訪れた。

「賀茂祭は楽しかったか？」

咲子の感想を求めるように尋ねる千暁に対して、咲子は答える。

「申し訳ありません。少し体調が優れず、部屋で休んでおりました。ですが、おかげで来年の楽しみが増えましたよ」

すると、咲子の言葉を聞いた千暁は血相を変えた。慌てた様子で咲子の顔色を確認しようとしてくる。

「それはいけない！　大丈夫なのか？　疲れているのかもしれないし、風邪を引いているのかもしれない。私は戻るから、早く横になって休め」

慌てて咲子を部屋へ帰そうとする千暁に、咲子は首を横に振る。体調が優れないと言ったのは、牛車を取り逃した和子の失敗を隠すための嘘なのだ。本当に体調が悪かったわけではない。

「大丈夫です、休んでおりましたらもうよくなりました。千暁様も会いに来てくださいましたし、今はすっかり元気です。賀茂祭には行けませんでしたが、市が開いていると聞きまして、後から買い物にも出かけたのですよ」

「そうだったか、それならよかった」

安堵する千暁に咲子は大事に持っていた箸を差し出す。

「市で銀細工の箸を買い求めました、千暁様にお贈りしたくて」

「私にか？」

「はい、日頃からの感謝の気持ちを形にしたくて。千暁様の身を守ることに、少しでも役立てば嬉しく思います」

咲子の言葉に、千暁は嬉しそうに頬を緩ませた。

「ありがとう、あなたから贈り物を貰えるとは、こんなに嬉しいものはない。大切に使わせてもらう」

千暁が箸を受け取ったところで、咲子ははっとしたように顔を上げた。

「ですが、そういえば千暁様には薬子がついておられますよね。食事は薬子が調べるのでしょうし、千暁様の箸は銀である必要がなかったですよね、うっかりしていました。あ、あの、どうか違うものを贈らせていただけませんか」

「いや、咲子が私のために用意してくれたものだ、これはありがたく貰い受ける」

「ですが……」

「薬子があてにならないこともあるだろう。自分で確かめられるならより安心だ」

そう言って顔を綻ばせながら箸を受け取った千暁に、咲子は笑顔を返した。

千暁に箸を贈ってから十日ほどが経った。桐壺の庭では桐の木がぽつりぽつりと美しい花を咲かせ始めている。花を綻ばせる桐を見つめる咲子は浮かない顔をしていた。今まで二日と空けず咲子のもとを訪れていた千暁が、ぱたりと姿を見せなくなったのである。頻繁に届けられていた贈り物も、最近は届かなくなっていた。

「体調を崩されているのではないかしら……」

心配する咲子の耳に、千暁が毎晩のように藤壺の女御を閨に呼んでいるとの話が届いた。ただの噂ではない、左大臣などが「女御が懐妊した時のために屋敷に部屋を整えておかねばならない」と、嬉しそうに言いふらしているようなのだ。

「突然藤壺の女御をお呼びになるなんて、きっと左大臣の方からなにかお話があったのでしょう」

「帝がお心変わりされることなどありえません、またすぐに桐壺の更衣に会いに来られるようになりますよ」

桐壺に使える女官たちは口々にそう言って咲子を励ました。

「ありがとう、私は大丈夫です。私にはみんながいてくれますし、仕事も琴の練習もしなければいけません。忙しさもあって寂しい気持ちも薄れます。なにより帝の気持ちを信じておりますから」

「そうですよね……、どうか気を落とされないよう」

桐壺に仕えている女官たちから心配される咲子であったが、極力笑顔で過ごすよう努めていた。だが、聞き流せるような噂ではない。

「千暁様が藤壺の女御と一緒に過ごしておられるかもしれない……」

そんなの嫌だ、耐えられない……！

ひとりになるとたまらない不安が押し寄せてくる。心を痛めるには十分すぎる噂話に、咲子はひとり苦しんでいた。

そんなある日、廊下で藤壺の女御とすれ違うことがあった。咲子は藤壺の女御たちに道を譲るために、わきによけて頭を下げる。

女御は咲子のところまでゆったりとした足取りで歩くと、にっこりと笑みを浮かべて立ち止まった。

「あら、誰かと思えば桐壺の更衣ではありませんか。あまりに質素なので気がつきませんでした。ごめんなさいね」

藤壺の女御は咲子に向かってにっこりと笑顔をむけてくる。

「私の言っていた通り、いえ、思ったよりも帝の心変わりは早かったようですね。夜中に時折帝が桐壺を訪れていたようですが、それもすっかりなくなりましたでしょう？　あのように気まぐれなことをなさる帝がいけないのです。桐壺の更衣も勘違いなさってしまいましたよね、自分は愛されているのだと」

咲子はじっと頭を下げたまま黙っていた。すると、女御は言葉を続ける。

「ほら、顔を上げてごらんなさい」

ここで悲しい顔をしてはだめよ、藤壺の女御の思う壺だわ。

女御は咲子の辛そうな顔を見るつもりだったのだろう。だが、咲子はぎゅっと口を引き結び、笑顔を浮かべた。

「私は少しも気にしておりません。後宮とはそういうところでございます」

藤壺の女御の顔をしっかりと見据え、凛とした声で答える。少しも悲壮感を見せない咲子を見て、藤壺の女御はひどく気分を害した。

「本当に可愛げのない娘だこと、強がりが言えるのも今のうちですよ！　私が懐妊した後は、帝に頼んでおまえを後宮から追い出しますから。せいぜい泣いて八重殿か堀川殿のところで働かせてもらうのですよ。おまえには下女がお似合いだわ」

ふんと鼻を鳴らしてから踵を返した女御は、その足で咲子をわざと蹴り飛ばした。

咲子はわずかによろめいたが、しっかりと自分の足で立つと、去っていく藤壺の女御の後ろ姿を苦しい表情で見つめた。

「わかっています。後宮とはこういう場所、今までが満たされすぎていたのです」

ここは帝ひとりの愛を、幾人もの女性が取り合う場所である。

そこには純粋な愛情だけではなく、政治的な思惑が混ざり合ってくる。仮に千暁が咲子のことを強く愛してくれていたとしても、左大臣の娘である藤壺の女御を無下にすることはできない。だが、千暁が藤壺の女御と過ごしていると考えただけで、咲子は胸が張り裂けそうになった。

わかっている。それでも、悲しいと思ってしまう。苦しいと感じてしまう……。千暁様のそばにいられるのが、私ひとりだったらよいのにと、願ってしまう……！

千暁の妃として桐壺に迎え入れられただけでも奇跡的なことである。その上、今までは毎夜のように語り合うことができていた。

少しでも風が吹けば飛ばされてしまいそうなほど、弱い立場の咲子にとって、そのわずかな時間がいかに大きな支えであったことか。そして、自分がいかに千暁を愛しているのかということが、会えない日々が続く中で日に日に浮き彫りになってくるのである。寂しさばかりが募っていく。

「桐壺の更衣、琴でも弾きましょう。少し気分もよくなるでしょうし、琴の音は帝の耳にも届きます。琴の音を聞けば、きっと帝も桐壺の更衣に会いたくなるに違いありません」

和子がそう言って琴を勧めてくれるので、咲子は琴を爪弾くことにした。

寂しい気持ちを紛らわせようと、琴をかき鳴らしていた咲子であったが、千暁から贈られた琴を見るたびに胸が痛くなる。自然と琴を弾く手にも力が入らなくなってきた。琴の音も鈍く、くぐもった音になる。

「ごめんなさい、今はよい音が出せそうにありません」

咲子は毎日のように弾いていた琴を部屋の隅に置いて触れないようにした。

そんな咲子の心を具現化したかのように、あくる日、琴を見ると弦が切れていた。

「千暁様がくださった琴の弦が切れてしまうなんて、千暁様に、なにかよくないことが起こっていなければよいのだけど……」

千暁様が私にとくださった琴の弦が切れてしまうなんて、なんて不吉なのだろう。まるで私と千暁様の縁を引き裂いてしまうかのよう……。

「きっと、琴を弾くのはやめた方がよいという天の声なのでしょう。このような私に弾かれたら、琴だって可哀そう、琴はしばらく修理に出しましょう」

咲子は他に没頭できることがないかと考え、ふと、堀川の女御が編んだ組紐のことを思い出した。

「私も、紐を編んでみようかしら」

「それは名案です。さっそく糸を選びましょう」

弦が切れてしまったのなら、もう一度糸を結び直せばよい。

咲子は千暁のことを思い、編み込む糸を選んでいく。千暁様はどんな色がお好きだろう、どんな色が似合うだろうと考えているうちに、自然と心が静まってくるような気がした。

糸を選び終えると、想いを編み込むように紐を組み始めた。千暁が好みそうな色、似合いそうな色を、ひとつひとつ編み込んでいく。

紐を編んでいる間は、千暁のことだけを考えることができ、心を落ち着けることができた。

だが、咲子の心を乱すかのように、藤壺の女御はどんな用事があるというのか、毎日のように普段通りもしない桐壺の廊下を歩いては咲子に声をかけていく。

「ごきげんよう、桐壺の更衣。昨夜はよく眠れましたか？　私は……、あぁ、昨夜もなかなか眠らせてもらえずに大変でした。午睡が必要ですわ――。ひとり寝というものはさぞかしゆっくり眠れるのでしょうね、私はしばらくひとりでは寝ておりませんから、その快適さをすっかり忘れてしまいました」

などと聞いてもいないのに話しかけてくるのである。咲子はそのたびに無理に笑顔を作った。

ここで負けてはだめよ、私は千暁様を信じているのだから大丈夫。

「それは大変、このような場所で長居などされず、すぐに藤壺でお休みになられてください、お体に障ります」

咲子がそう返すと、藤壺の女御はにっこりと笑顔になった。

「そうね、私ひとりの体ではありませんもの。きっと今夜も帝に呼ばれますから、今のうちに休んでおかないといけませんわ」

咲子を見てはくすくすと笑いを漏らす女官たちを引き連れて、藤壺の女御は部屋へと戻っていった。

「桐壺の更衣、どうかお気になさらないでください」

言葉をかけてくる和子に笑顔を向ける。

「ありがとう和子、私は大丈夫ですから」

大丈夫……。

そう思いはしても、心は苦しくなるばかりだった。

千暁が咲子のもとを訪れなくなってから二十日ほどが過ぎた。その間、やはり藤壺の女御は毎晩のように部屋に呼ばれているようである。その様子を、藤壺の女御と顔を合わせるたびに聞かされるものだから咲子は苦しくてたまらなかった。

細っていった。

夜が来るたびに苦しさが押し寄せ、咲子は食事もろくに喉を通らず、少しずつ痩せ細っていった。

千暁様の想いを信じている。だけど、このままでは心が壊れてしまいそう……！

千暁は頭を悩ませていた。朝廷においても左大臣の力は日に日に強くなり、抑止力であった右大臣も苦しい状況に置かれつつある。左大臣の悪事はわかっていても決定的な証拠が見つからない。

このままでは力の均衡が今以上に大きく傾くと考え、右大臣に多くの意見を求め、均衡を保とうとしていると、左大臣は帝にこうささやいてきた。

「どうやら、帝は桐壺の更衣と秘密裏に会っていらっしゃったようですね。帝が桐壺の更衣を必要以上に贔屓にしていることが他の妃たちに知れ渡れば、後宮は今以上に更衣にとって居心地の悪い場所になるでしょうな」

誰にもばれぬよう、細心の注意を払って会いに行っていたはずである。桐壺の女官たちにいたっても、更衣に不利益をもたらさない者ばかりを集めたはず。

いったいどこから夜の短い逢瀬がばれたというのか――。

「そのような事実はない」

「どうでしょう、桐壺で寄り添っておられる帝と更衣を見たというものがおります。

証言させたら、ただでさえ危うい更衣の立場など、とても安泰とは言えないでしょうな」

「なにを要求している」

「簡単なことでございます。私の娘を閨に呼んでいただければよいだけのこと。帝が娘に入れ込んでいるとわかれば、後宮も落ち着くことでしょう。なんといってもこの私、左大臣の娘なのですから、誰にも文句は言わせません。娘が懐妊するまでの、ほんの短い間で構いませんから」

左大臣はそう言ってにっこりと目を細めたが、藤壺の女御が自分の子供を身籠る日は永遠に来ないだろうと千暁は思った。

皇后は、咲子以外に考えられない。左大臣の力をこれ以上強めるわけにはいかない。私自身のためにも、そして朝廷のためにも――。

そう思いはしても、実際にどうしたらよいのか千暁は頭を悩ませていたのである。

そんなある日、突然の人事の異動があり、龍の中将に代わり、左大臣の息のかかった男が千暁の護衛に加わったのである。毎晩のように桐壺を訪れ、咲子と過ごすことに唯一の幸せを感じていた千暁は、桐壺へと赴くことができなくなり疲れと苛立ちをためるようになっていた。

それだけではない、毎晩のように呼んでもいないのに藤壺の女御が閨にやってくるのだ。追い返そうとすれば「私の機嫌を損ねてしまわれると、しわ寄せは桐壺の更衣にゆきますよ」と脅してくるものだから無下にもできない。

かと言って無理に褥をともにすることはできず、千暁は藤壺の女御とは離れた場所に布団を敷き、「申し訳ないが、疲れている」と言って早くに横になるのが常だった。時には遅くまで書物に目を通し、藤壺の女御に先に寝るよう促すこともあった。

考えるのは咲子のことばかりだ。藤壺の女御が後宮内で毎夜帝のもとに呼ばれているると触れ回っていることは知っていた。咲子は心を痛めていないだろうかと心配になる。自分が心変わりしたのではないかと、苦しんではいないかと、今すぐにでも咲子のもとを訪れたい気持ちと必死に戦った。

咲子に会いたい。

言葉にできない想いを胸に、千暁は桐壺のある方へと視線を向けた。

思うように咲子に会えず、夜になれば藤壺の女御が寝所へと訪れてくる。日に日に苛立ちが募り、眠りの浅い日が続くと政にまで支障をきたし始めた。迂闊に欠伸をかみ殺そうものなら左大臣が嬉しそうに「昨夜はいかがでしたか？」と声をかけてくるのだ。思わず睨むと「怖い怖い」と言ってへつらうように笑うのも癪に障る。

このままではいけないと思い、気分をよくしようと少し散歩に出かけたところで藤壺の女御の声がした。千暁は思わず身を隠す。話している相手は父親の左大臣のようであった。

「お父様、帝はちっとも私に興味を抱かないのです。男性として問題がありますわ」

「確かに、おまえのような美しい妃がそばにいるというのになにもないというのはおかしなことだ」

「えぇぇ、すべてはあの忌まわしい桐壺の更衣のせいでございます。本当に疎ましい、お父様、お父様のお力であんな小娘早く後宮から追い出してください」

どうやら咲子のことを話しているようだ。これには千暁もひどく腹を立てた。自分のことを悪く言うなら聞き流せるものを、咲子のこととなると話は別である。

「そうしてやりたいのは山々なのだが、帝が首を縦に振るまい。それにしてもあの帝は本当に扱いにくい。私の言うことを少しも聞かず、右大臣などと相談することすらある。本当に目障りだ」

「まぁお父様、あまり大きな声でそのようなことを仰っては……」

「おまえ以外に誰が聞いているというのだ。おまえが帝の子を身籠らないとなればことを急いだ方がいい。あの桐壺の更衣が帝の子を身籠る前に今の帝を廃し、東宮を新しい帝に立てることも考えねばならない」

「東宮はまだ六つでございますよ」

「だからよいのだ。幼い帝が立てば、左大臣の私が政治を牛耳ることができる」

「なるほど、さすがお父様」

「おまえにも協力してもらうことになる、その時はまた手紙などを書いて知らせるから待っていなさい」

「あら、直接仰ってくれたらよろしいではありませんか」

「誰かに聞かれでもしたら大事だ。段取りを書いた手紙を持ってくるから、読んだ後は必ず処分しなさい」

「えぇ、わかりましたわ。朝廷がお父様のものになる日もそう遠くはありませんね」

「その通りだ」

楽しそうに声を立てて笑う親子の会話を、千暁は苦々しい顔で聞いていた。

この場で姿を見せ、左大臣を糾弾することもできるが証拠が弱い。いつものように「世迷い言を申しました」と言われてするりと逃げられてしまうのが落ちだろう。もっと、確実な証拠が欲しい。左大臣が自分を廃そうとしている決定的な証拠が……！

千暁は表情を引き締め、来たばかりの道を戻る。左大臣に気取られないよう、音を立てず慎重に歩いた。今はまだ時ではない。だが、いずれ必ず決着をつけてやると、心に強く誓ったのである。

千暁が咲子のもとを訪れなくなって一月余りが過ぎた。咲子が編み始めた組紐は、すっかり編み上がり、美しい紐ができ上がっていた。

「この頃、藤壺の女御の機嫌が大変悪いようですよ。いつも以上に気が立っていると、藤壺の女官たちが怯えておりました」

「毎夜帝に呼ばれているというのに、なにが気に入らないのでしょうね」

「下手に女御に目をつけられないよう、大人しくしていましょう」

後宮の女官たちがみな、藤壺の女御の機嫌を気にしているのが咲子にもよくわかった。桐壺の女官までもが女御の話をしている。

「一向に懐妊しないものだから腹を立てているのですよ。もともと気の短い方ですもの。藤壺の女官も可哀そうなことです」

「こら、桐壺の更衣がいらっしゃるのに、そんな話を……」

「も、申し訳ありません」

女官は咲子に向かって深々と頭を下げた。咲子はなんでもないことのように首を横に振る。

「よいのですよ、私は気になどしていません」

そう答えつつも、来ない人を待つ時間というのは、本当に長いものだと咲子は苦しい気持ちを抱えたまま、日々を過ごしていた。

そんなある日のこと、朝廷は大騒ぎになった。幾人もの役人たちが清涼殿から出たり入ったりしている。騒ぎの真相は、瞬く間に後宮にも広がった。

「なんでも帝の食事に毒が盛られていたらしい」

「帝はご無事だったのですか？」

「わかりません」

「薬子は見抜くことができなかったのでしょうか」

「銀では見抜けないものだったようですよ」

「では、どうして毒だとわかったのでしょう」

「なんでも、帝が自ら気付かれたそうです」

「いったい誰がそんなことを」

女官たちが口々に噂するので、千暁が食事に毒を盛られたという話は瞬く間に咲子の耳にも届いた。

「帝はご無事なのでしょうか！」

咲子は気が気ではなかった。もしも、千暁の身になにかあったらどうしようかと、飛び交う噂に心を痛め、千暁の無事を切に祈った。

「大丈夫ですよ、帝はきっとご無事です」

そう言って声をかけてくれる和子の言葉にも、咲子は表情を暗くしたまま、食事もろくに喉を通らない日々が続く。

千暁様にもしものことがあったら、私は生きてなどいけるはずがない……。

藤壺の女御になにを言われても気丈にふるまっていた咲子であったが、今回ばかりはすっかり元気を失ってしまった。

「幸い帝は毒の入った食事には手を付けておらず、ご無事なようです」

「それは幸いなこと、よく口を付ける前に毒が入っていると気付かれましたね」

「本当に、帝は聡明でいらっしゃる」

千暁が無事であったという噂もほどなくして後宮に広がり、咲子の耳にも届いた。

「よかった、本当に、よかった……」

千暁の身が無事であったことを知ると、咲子はひとまず安堵した。だが、千暁が命を狙われたことは事実である。咲子の心は穏やかではなかった。犯人が捕まらないことには安心するわけにはいかない。

「桐壺の更衣、大変でございます！　中将様がお越しです」

桐壺つきの女官が、龍の中将を伴って部屋に戻ってきたのは、千暁の無事がわかってから数日後のことだった。

咲子は慌てて御簾の向こうに隠れると、龍の中将の言葉を待つ。御簾越しに見た中将の表情を見て、咲子はよい知らせではないことが一目でわかった。中将は御簾の前にしゃがみ込み、小声で咲子に語りかけてきた。

「桐壺の更衣に帝暗殺の疑いがかかっております」

中将の言葉に、咲子は驚きのあまり身を乗り出した。

「なにかの間違いです。そのようなことを、私がするはずありません」

動揺する咲子に、中将は続けた。

「もちろんそれはわかっております。だからこそ先だって俺がこちらに来たのですよ。再び、あなたに濡れ衣を着せようとしている者がいる。あなたのそばにいて、あなたに危害が加わらないようにしろと帝に言われて参ったわけです」

中将の言葉に、咲子はうろたえながら首を横に振る。

「中将様、私のことなどどうでもよいのです。このたび千暁様は命を狙われたのでしょう？　犯人が捕まっていない今、とても安全とは言えません。どうか千暁様のおそばにいて、守って差し上げてください。千暁様にとって、信頼が置けるのは中将様しかいないはずです」

必死に訴える咲子に、中将は呆れたような笑みを浮かべる。

「本当にあなたたちは似た者同士だな、千暁も同じことを言っていましたよ。自分のことはいいから桐壺の更衣を守ってくれと」

「私に危険はありません！」

「だが、現にあなたは疑われる身。つまり、あなたを陥れようとしている者がいるということです。あなたの身も、安全であるとは言えません。むしろ、千暁よりも危うい立場におられるのではないかと」

「そんなことはありません！　私は大丈夫ですから、どうか千暁様のもとに！」

千暁のもとに戻るよう必死に訴える咲子に、中将は安心させるような表情になる。

「大丈夫、あいつのそばにはもうひとり、信頼のおける方が残っていますから。あなたにもしものことがあったら、あいつ……いえ、帝の方こそ気が触れてしまうでしょう」

「本当に、信頼のおける方がもうおひとりいらっしゃるのですか？」

千暁にとって信頼のおける者がひとりでも多くいることは、咲子にとってたまらなく嬉しいことであった。

「そうですよ、俺よりもずっと口うるさくて、力のある方がついていますから心配ありません。ですから桐壺の更衣、あなたには俺と一緒に成していただきたいことがあります」

「それはいったいなんでしょうか？」

「あなたの身の潔白を証明することです。それが帝を守ることにもつながりますから」

中将の言葉に、咲子は間を置くことなく頷いた。

「千暁様のためにできることがありましたらなんでも申してください」

「それは心強い。一緒に千暁を守ってやりましょう。俺は一度戻りますが、後ほど再び参ります。表向き、俺は監視ということになっていますから、あまり気安く話しかけないようにしてください。俺もあなたに気安く話しかけることはしません」

「わかりました」

中将は手短に話し終えると、桐壺を後にした。いったい、どういう経緯で自分が千暁様を暗殺しようとしたという話になっているのか、まったくわからない。そもそも厨(くりや)にも清涼殿にも近づいたことすらないのである。嫌疑がかかるようなことがあったとは思えない。だが、咲子の疑問はすぐに解決した。中将が去ったのち、時を置かずして役人たちが桐壺を訪れた。中に先ほど訪れたばかりの中将も混ざっている。中将はなに食わぬ顔をして役人たちに混ざり、咲子からわずかに視線を外して立っていた。

咲子は御簾越しに役人たちから話を聞くこととなる。

「桐壺の更衣、帝に毒を盛ったのはあなたのところに仕えている女官であることがわかった。女官も罪を認めている」

「それは、いったい誰だと仰るのでしょうか?」

「白々しい、桐壺では和子という女官をお抱えでしょう。和子はあなたの指示で毒を盛ったと申しております」

咲子は頭を強く叩かれたかのような衝撃を感じた。視界が黒く染まり、眩暈がする。

和子が、本当に千暁様に毒を盛り、私を犯人にしようとしているの……？　信じられないわ。

堀川の女御の一件が頭を過る。

私はまた、裏切られるというの……？

咲子は頭を横に振るとぐっと奥歯をかみしめ、役人を見た。

「私がそのようなことを指示するはずがありません」

咲子は気を取り直し、凛とした声で答える。咲子のあまりに堂々とした様子に、役人たちはわずかに動揺を見せた。

「和子をこちらにお連れください。直接彼の者に話を聞きたいと思います」

「あの女官はすでに捕らえている。父親ともどもすでに処分は決まっている。決定が覆ることはないだろう」

役人の言葉に咲子は息をのんだ。和子が単独で毒を盛ることなどありえない。そもそも和子が毒を入手することなどできないだろう。どこかに共犯者がいる、いや、和子が望んで千暁様を暗殺しようとするはずはない。共犯者ではなく、和子に指示を出した真犯人がいるはずだと咲子は思った。

当然、私の指示ではない。では、いったい誰が……。

和子はもともと藤壺に勤めていた女官である。そうなると、誰が裏にいるのかはっきりと見えてくるような気がした。

だけど、あの人が千暁様に毒を盛ったなんて、俄かには信じられない。あの人だって、千暁様のことを愛しているはず……。

咲子は頭に浮かぶ人物に対して眉をひそめる。その人物が咲子に危害を加えてくることはあっても、千暁自身に害を成すとは思えなかった。そんなことをしても、得になることなどないはず。そうなると、千暁に対してなにか強い殺意を抱くようなことがあったのだろうか——。

咲子にひとつの考えが浮かんだ。

もしかしたら、すべては藤壺の女御の偽りで、千暁様は藤壺の女御とは一緒に夜を過ごしていないのかもしれない。一向に懐妊しない理由も、女御の機嫌が悪い理由も、千暁様の態度に原因があるのだとしたら……。千暁様は、私のことを思って藤壺の女御と褥をともにされてはいないのかもしれない。藤壺の女御の千暁様への愛情は憎しみに変わり、毒殺することを思いつかれたのではないかしら。私のせいで、千暁様は命を狙われることになったのかもしれない……！

そう思うと、いっそう心が苦しくなる。

千暁様になにかあったら、私は生きてなどいけない……！

「桐壺の更衣の処分に関しては、今の段階では証拠が不十分として据え置くと帝は仰っている。証拠が挙がるまではこの桐壺から一歩も出られないようにしてください」

役人の言葉をどこか遠くで聞きながら、咲子は千暁のことを思った。

千暁様はこのような状況でも私のことを守ろうとしてくださっている。なんて心強いのだろう。私も、強くあらなければ……！

「女官の処分は近いうちに行われる」

咲子は捕らえられているであろう和子のことを思い、心を痛めた。

きっと、和子は命令されただけ。指示を出したのは、藤壺の女御に違いない。堀川の女御が後宮を去る時に忠告してくれていたというのに、また同じことを繰り返させてしまった……。

咲子は悔やんだ。

和子は私があの日助けたことで藤壺の女御に利用されることになったのだろう。和子のお父様は左大臣のもとで働いていると話していた。堀川の女御以上に弱い立場の和子は、藤壺の女御や左大臣に対して逆らえるはずがない。罪になるとわかっていても、命令をはねのけることができなかったのでしょう――。

咲子は目の前の役人を見上げると、凛とした声で言い放った。

「今一度、帝にお願いしたいことがございます」

「桐壺の更衣、あなたに帝殺しの嫌疑がかかっているのをお忘れか。どの口が言っているというのか、口を慎みなさい」

咲子は役人たちに言っているのではない、中将に対して言っているのだ。

「帝に、和子の処分をお待ちくださいとお伝えください。彼の者が私の指示でやったと言うのならば、どうか私の処分が決まるまで、和子と和子の家族の処分をお待ちください」

睨みつけてくる役人たちに臆せず、咲子はそう告げた。中将の耳には間違いなく届いたはずである。そうなれば、千暁の耳にも届くことだろう。

中将様なら、必ず私の言葉を千暁様に届けてくれるはず。

「帝の命令で中将殿が桐壺の更衣の監視に着く。下手な真似をなさらぬよう」

中将を残して役人が去ると、中将は今まで我慢していたように小さく笑いを漏らした。

「さっきは驚いたな。あの役人の顔を見ましたか？　面食らっていましたよ。思わず笑ってしまいそうでした。桐壺の更衣は本当に肝が据わっておられる」

「私には千暁様以外に失うものがございませんから。千暁様を失わないためならば、なんだっていたします」

「なるほど。では先ほどの女官の件、夜に交代の時が来たら必ず帝に伝えましょう」

「よろしくお願いいたします」

御簾越しに中将に向かって深々と頭を下げると、「それと」と咲子は続けた。

「和子を私のもとに戻していただきたいのです」

「彼の女官はあなたを裏切ったのでしょう？　ひどい濡れ衣を着せてきたじゃありませんか、信用できません、危険です」

「今回のこと、私は和子が独断で行ったとは到底考えられません。恐らく、後ろに和子を操っておられる方がいるはず。私は、和子を罰するべきではないと考えております」

「それは帝の一存では決められないとは思いますが、一応帝に伝えておきますよ。左大臣、右大臣を含めた場で決定を下すことになると思いますから、ことがどう転ぶかはわからないのですが、できる限りのことはしてみましょう」

「よろしくお願いいたします」

咲子は中将に千暁への言葉を託した。

桐壺の更衣が帝を暗殺しようとしたのではないかという噂が後宮に広がると、咲子に追い打ちをかけるように藤壺の女御は声を大にして話し始めた。

「桐壺の更衣と例の女官がなにやらひそひそと話しているのを見たのです。もともとは私の部屋の女官でしたから、なにをしているのだろうかと心配しておりましたらあのような大変なことを……。きっと女官は桐壺の更衣に脅されたのでしょう、可哀そうに」

女御はそう言って会う人会う人に触れ回った。藤壺の女御は「きっとあの時、帝の暗殺を画策していたに違いありません。きっと私ばかりを愛するようになった帝を恨んでいたのでしょう」と話し、咲子を追い詰めていったのである。

「大人しそうな顔をして、恐ろしいことを考えること」

「以前、宴で藤壺の女御に楯突いたそうではありませんか。育ちの悪いものは身分というものが弁えられないのでしょう」

「本当に、なにを考えているのかわからないものですね」

後宮では、桐壺の更衣が自分を捨てて藤壺の女御を愛するようになった帝を憎んで暗殺に踏み切ったのだろうと、ありもしない噂がまことしやかにささやかれるようになり、咲子はますます孤立していったのである。

「桐壺の更衣、例の女官をこちらに戻せるようになりましたよ」

「本当ですか！　処分の方は……」

「帝が左大臣の言葉をはねのけて先延ばしになりました。あんなに強い口調でものを言うあいつを初めて見ましたよ。さすがの俺も驚きました」

「そうですか。よかった、本当に……」

和子の処分が先延ばしになったと聞いて咲子は安堵した。千暁が自分の願いを聞き届けてくれたのだと思うと、嬉しい気持ちにもなる。会うことはできなくても、心はそばにいられるような気がした。

咲子が桐壺に軟禁されることとなってから数日のうちに、中将の言葉通り桐壺に和子が戻ってきた。和子の父親の処分も、咲子の処分が下るまで先延ばしになったようである。千暁が咲子の思いを察し、親子ともどもすぐに処分すべきとの左大臣の言葉をはねのけた結果であった。

「よく戻ってきてくれました」

優しく声をかける咲子の前に、和子は泣き崩れる。和子の涙の理由はわからない。咲子は自分が思う通りに語りかけた。

「和子、私の想像でしかありませんが、あなたにはこうするしかなかったのだと思っています。帝に毒を盛ったことは赦されることではありません。ですが私はあなたの一存でことに及んだとは考えておりません。あなたも、きっと辛い立場にあったのでしょう。やりたくもないことを命じられたのではないかと考えております」

咲子の言葉に、和子ははっと顔を上げて、涙ながらに謝罪の言葉を述べる。

「申し訳ございません。桐壺の更衣、私は、私は……」

やはり、和子は藤壺の女御に脅されていたに違いない。

和子の様子を見て咲子はそう確信した。優しく和子の背をさすっていると、和子はひとしきり泣いてから、ようやく落ち着きを取り戻した。そして真相を語り始める。

「私の父はもとより左大臣様にお仕えしており、その甲斐あって左小弁に命じていただきました。ですから、父は当然のこと、私も左大臣様と藤壺の女御に逆らうことはできません。帝に毒を盛ることが大きな罪であることは百も承知でございました。ですが、その罪を桐壺の更衣に擦りつけることができれば、私のことも父のことも左大臣様が助けてくださると仰ったのです。できなければ親子ともども今すぐに解雇すると仰られました。家族が路頭に迷う姿が目に浮かび、私には、断ることができなかった……。私には勇気がなかったのです……」

和子は藤壺の女御の指示通りに千暁に毒を盛り、咲子に罪を擦りつけるような証言をした。左大臣たちの望んだ通りにことが運んだはずである。だが、結果として、左大臣は和子親子を切り捨て、咲子ともども処罰されるように計らった。真相を知る和子の存在は危険そのもの、端から和子のことを助ける気などなかったのだろう。

「私は、なんと愚かなことを……」

はらはらと涙を流す和子の背を、咲子は優しく撫でた。そして勇気づけるように声をかける。

「和子、幸いにして帝は無事でした。その点において、私は本当によかったと思っております。私は帝のことも、あなたのことも、そしてあなたの家族のことも守りたい。そのために、私にできることがあればなんでもしたいと思っています。ですから和子、あなたにも協力してほしいのです。なにか知っていることがあったら話してくれませんか？」

咲子の言葉に、和子は涙を飲み込み、ぐっと表情を引き締めた。

「桐壺の更衣、私も自分にできることがあるならなんでもしたいと思います。どうか、罪を償わせてください。あなたを信頼してお話ししたいことがございます」

和子は声を潜め、咲子にしか聞こえないような小さな声で話し始めた。

「私に帝に毒を盛るよう指示を出したのは、他でもない藤壺の女御でございます。お察しかもしれませんが、私は藤壺の女御の間者として桐壺に送り込まれました。帝と桐壺の更衣が秘密裏に会っていることを女御に報告し、賀茂祭の時には牛車の準備を怠り嫌がらせを……。琴の弦を切ったのも私です。桐壺の更衣の琴の音があまりに素晴らしかったからでしょう、藤壺の女御が耳障りだと仰って……。保身のため、女御の指示を聞いてまいりましたが、桐壺の更衣のお人柄に触れるたびに心苦しく思っておりました」

和子は瞼を伏せ、一息つくとぐっと奥歯をかみしめる。

「藤壺の女御宛に、左大臣様から手紙が届いていたはずです。その中に懐紙に包まれた毒がありました。私はそれを受け取り、炊飯時の忙しさに紛れて帝の食事に毒を混ぜたのです。その手紙が残っていれば、決定的な証拠となるのですが……」

和子はその紙質や色、香りまでもをよく覚えているようだった。

「そのように危険なものはすでに燃やされている可能性が高いかもしれませんね」

「……そうですよね、仰る通りだと思います。お役に立てず申し訳ございません」

咲子の指摘に和子は表情を暗くしたが、咲子は明るい声で答えた。

「いいえ、よく話してくれました。これは有力な情報です。なにより犯人が確定しましたし、もしかしたら手紙も残っているかもしれません。話は大きく進展しましたよ。私は、帝の命を脅かす者たちを決して赦したくはありません。どんな手を使ってでも追い詰めたいと思っています」

咲子が瞳に強い光を宿してそう言うと、和子にも思いの強さが伝わったようであった。

「女御は手紙を箪笥の一番上の抽斗にしまっておられました。そこを確認することができたらよいのですが」

和子の言葉に、咲子は難しい顔をする。咲子が箪笥の抽斗を見せてほしいと頼んだところで、女御は鼻で笑うだけで取り合わないだろう。そもそも自分は桐壺から出ることができないのだから無理な話である。

だけど、万が一手紙が残っていたら、これほど確実な証拠はないわ。千暁様を守るための、大きな武器になる。

「中将様、話を聞いておいでてでしょうか？」

咲子は近くに控えていた中将に話を振る。だが、中将も難しい顔をしていた。

「聞いておりましたが、手紙はないと考えた方がいいですよ」

「ないことがわかればそれでも構いません、見ていただくことは難しいでしょうか？」

「それはさすがの俺にも無理な話です」

話が暗礁に乗り上げてしまったところで、ひょこりと小さな頭が咲子の視界に入った。

「咲子殿、その話は私が引き受けましょう」

姿を見せたのは千寿丸である。

「東宮様！　今は桐壺にいらしてはいけません。桐壺の更衣は表向きは罪人ということになっているんですよ」

「固いことを言わないでください龍、私は帝の代理のようなもの。帝だって咲子殿のためにはなんだってすると思いますよ。私だってそうです」

「危険です、ただでなくとも藤壺の女御は子供が大嫌いなのですから」

心配する中将に、千寿丸はなんでもないことであるかのように続けた。

「大丈夫ですよ、だって左大臣は藤壺に遊びに来てくださいって再々言っていました し。私が遊びに来たと言えば、藤壺の女御だって無下にはできないはずです」

「いいえ千寿丸様、中将様の仰る通りです。あなたにそんな危ないことはさせられま せん。藤壺の女御の機嫌を損ねることになるかもしれません、そうなればあなたが叱 られてしまいます」

咲子も慌てて首を横に振ったが、千寿丸は続けた。

「咲子殿、これは私にとっても大切なことなのです。咲子殿が後宮を追われることに なったら私はとても悲しい。危ないことにならないよう細心の注意を払いますから、 どうか私を信じて。私は私のために、咲子殿をお助けしたいのです」

千寿丸があまりに必死に訴えるので、咲子はついに首を縦に振った。

「くれぐれも、お気を付けください」

「大丈夫ですよ咲子殿、私は遊びに行くだけですから、どうか安心して待っていてく ださい」

ポンと小さな胸を叩いてから桐壺を出て行く千寿丸を、咲子は心配そうな面持ちで 見送った。

その夜、咲子はひとり庭に出て空を見上げていた。月がすっかり姿を消してしまっている。新月の夜は暗く、いつもよりもずっと静かなものに思えた。

千暁様はお元気だろうか――。

会えなくなってからもう幾日経ったことか――。咲子は愛しい千暁のことを思い、肌身離さず持っていた組紐を手に取ると言葉をつむいだ。

「逢はむ日を　近江の桐の待ちつつぞ　我が身ひとつの月にはあらねど」

自分ひとりの千暁様ではないと、頭ではわかっていても心は苦しくなるばかりだわ。いつ再びお会いできるのかと、私は桐の木のようにひたすら待ち続けることしかできない……。

咲子がこらえきれなくなった寂しさを歌に詠んだ時だ。

「私は月ではない」

歌に応えるように、低い声が聞こえてきた。咲子は幻聴だと思った。会いたい気持ちが強すぎて、愛しい人の声を聞かせているのだと――。

疑いがかかっている私に、千暁様が会いに来てくださるわけがない。

振り向けずにいると、そっと背中から抱きしめられる。

「どうして振り向いてくれないのか」

「本当に、本当に、千暁様であられるのですか……？」

「他に誰がいるというのだ」

振り返ると、会いたくてたまらなかったその人がほほ笑みを浮かべている。視界がみるみるうちににじんだ。

まさか！　本当に会いに来てくださったなんて……！

咲子はその胸にしがみついた。千暁が無事であったことを肌で感じ、安堵した咲子は涙を流した。

「なぜ泣いている？」

「あなたがご無事でよかった。毒を盛られたと耳にしました。私は、心配で……もしもあなたになにかあったらと思うと、苦しくて、悲しくて……。本当に、よかった……」

「そうか、あなたは私の無事を喜んで泣いてくれるのか……」

千暁は咲子をいっそう強く抱きしめてきた。

「愛しい咲子、私が無事だったのは他ならぬあなたのおかげなのだ」

「私の、ですか？」

「あぁ、以前あなたが銀の箸を私に贈ってくれただろう？　あれが、私の命を救ったのだ」

「ですが、銀では見分けられない毒であったと耳にしました」

咲子の問いかけに千暁は首を横に振った。

「それは違う。私の食器や薬子が使っていた箸は、どうやら本物の銀ではなかったようなのだ。偽物で毒が見分けられるはずがない。薬子を信じ、毒に気付かず食事を続けていたら、私は無事ではなかっただろう。あなたが贈ってくれた本物の銀の箸が、私を救ってくれた」

千暁の言葉を聞いて、咲子は驚きのあまり言葉を失った。もしも、あの箸を渡していなかったらと思うと恐ろしくてたまらなくなる。

「ありがとう咲子」

「わ、私は、なにも……。ですが、贈り物をして本当によかった……。あなたがご無事でいることが、嬉しくてたまりません……」

「咲子、あなたは唯一無二の愛しい人でもあり、命の恩人だ。安心してくれ、悪いことばかりではない。これは好機だ、すべてを日のもとに晒し、必ずあなたを皇后にする」

千暁は咲子の頬に触れると、その唇に口づけを落とした。

「無理を言って龍に身代わりを頼んできたから長居ができない。あなたが犯人ではないことはもちろんわかっている。あなたの無実を証明し、一日も早くあなたに会える日が来るよう、私は全力を尽くす。あと少しの辛抱だ」

「私は大丈夫です。千暁様がご無事なのがわかって本当に安心いたしました。どうかご無理をなさらないでください」

咲子は手に持っていた組紐を千暁に手渡す。

「これは？」

「千暁様にお会いできぬ間に、あなたのことを想って編みました。どうか、お受け取りになってください」

「咲子が私のために？　こんなに嬉しい贈り物はない。箸以上に嬉しい、大事にする。では……代わりにこれを受け取ってほしい。これは、私の母が幼い私にくれたものだ。母はこれが必ず私を守ってくれると言っていた」

千暁は組紐を大切そうに懐にしまうと、代わりに美しい桃の花が細工された銀の懸守を取り出した。それを咲子の手のひらに乗せる。

「いけません、このように大切なものを私に……」

「いいや、咲子に持っていてほしいのだ。咲子が私を守ってくれたように、私も咲子に護符を渡したい」

咲子は手のひらに乗せられた銀細工を見つめた。大切にされていたであろうその懸守は、美しく磨かれ輝いて見える。

なんて、美しい懸守だろう。きっと、千暁様のお母様が千暁様の幸せを願って渡したものに違いないわ。

「大切にいたします」

　咲子は受け取った懸守を大切に両手で包んだ。

「名残惜しいがもう戻らなければ。忘れないでくれ、私が愛しているのは、あなただけだということを。つまらぬ噂など、決して鵜呑みにするな」

　咲子は名残惜しそうに何度も振り返りながら戻っていく千暁を、その背が見えなくなるまで見送った。


　翌日、桐壺に顔を見せた千寿丸はしょげた表情をしていた。咲子を見るなりぺこりと頭を下げてくる。

「ごめんなさい、手紙は見つからなかったのです」

「いいのですよ、よく教えてくださいました。手紙がないことがわかればそれはひとつの大きな成果です。千寿丸様、本当にありがとうございました」

「私はお役に立ちましたか？　本当に？　よかった、藤壺の女御に叱られた甲斐がありました」

　ぺろりと舌を出す千寿丸に、咲子は心配そうに声をかける。

「それは……！　恐ろしい思いをさせてしまって申し訳ありません」

「ううん、違うのです咲子殿。抽斗を開けたから怒られたのではありません。藤壺の女御は自分が出した菓子を私が美味しそうに食べなかったのが気に入らなかったみたいなのです。もちろん美味しかったですよ、だけど、菓子というものは、そのものの味よりも誰と食べるかが大事なのだと思いました。咲子殿と食べる菓子の方が、ずっとずっと美味しいのですから」

千寿丸の言葉に咲子は顔を綻ばせる。

「あら、そういうことでしたらお菓子を出さないわけにはいきませんね。生憎今は唐菓子しかないのですけれど、よろしいでしょうか？」

「もちろん、私は唐菓子が大好きです！　なにより咲子殿と一緒に食べる菓子が好きなのです」

女官が菓子を運んでくると、千寿丸はそれを美味しそうに頬張った。咲子はその様子をほほ笑ましく思いながら、一方で手紙のことを考える。予想していた通り手紙はなかった。

手紙が見つからない今、他に藤壺の女御が犯人であると裏付けるものはなにがあるだろう——。仮にあったとしても、危ないものはすでに処分していることでしょう。ならば、どうすべきだろうか——。

恐らく、時間はあまりない。千暁様が必死に左大臣の意見をはねのけてくれたとしても、犯人が自分であるとされている以上、いずれ処分は下される。

「私も、できることをしなければ」

咲子は思い切って行動を起こすことにした。

千暁は昨夜の咲子との短い逢瀬のことを思い出していた。幸せな時間は矢のように過ぎてしまうものだと口惜しく思う。

咲子が自分のことを心から心配してくれていたのが嬉しかった。生まれてから今まで、幾度も命を狙われたことはあったが生きていることを喜ばれたことなどない。そんな千暁にとって、自分のことを想ってくれる咲子の存在はいっそうかけがえのないものになっていた。

わずかな時間であっても咲子の優しさに触れたことで、千暁の心はいくらか穏やかになっていた。自然と頭もすっきりとして、考えが整頓されてくる。

自分に毒を盛ったのは咲子であるという嘘は、朝廷においても後宮においてもあたかも事実であるかのように広まっていた。噂が広まる早さが異常なまでに早い。まるで初めから用意されていたような早さだ。堀川の女御が咲子に罪を着せた時と状況が酷似しているような気がする。誰かが、意図的に噂を流しているに違いない。咲子が犯人であるはずがない。真犯人の目星はついているのだ。こちらも早く手を打つ必要がある。

「帝、お呼びでしょうかな？」

清涼殿に姿を見せたのは左大臣よりもいくらか若い壮年の男だった。精悍な顔つきの男は、千暁の前に跪く。龍が信頼のおける人物だと言っていたのがこの男だ。

「朝早くから呼び出して悪かった。右大臣、折り入って相談したいことがある」

「概ね内容は予想がつきます。例の毒のことでしょう？」

「話が早くて助かる。その毒、誰がどこから入手したのか調べてほしい」

「えぇ、桐壺の更衣が毒を入手することは不可能であったでしょう。誰がどこから手に入れたのか、真犯人を突き止めて見せましょう」

「頼む。そして、もうひとつ、頼まれてほしいことがある」

「なんでしょうか？」

「犯人を炙り出した後のことだ」

千暁は右大臣に今後の計画を話し始めた。話の全貌がわかると、右大臣は満足そうに笑みを浮かべ、大きく頷いた。

「それは、私にとって願ってもないお話でございます」

「おまえのことを信頼して託す。成功したあかつきには龍とともにおまえを大きく取り立ててやろう」

「ありがたいことです。確かに承りました」

右大臣は深く頭を下げると、清涼殿を後にした。仮眠をとるために、他の者と交代してきたのだ。夜間帝と入れ替わり、その後眠ることなく咲子についていた中将はひどく眠そうな顔で欠伸をした。

「おいおい、仮にも帝の御前だろう？」

「大丈夫だろ、おまえがそういうことを気にしない帝だってことは俺が一番よくわかっているんだ。眠る前におまえの顔を拝んでおいてやろうと思って来てやったわけだ。俺のおかげで昨日は愛しい奥方に会えたのだろう？　感謝しろよ」

「あぁ、感謝している」

「幸せそうな顔をしやがって」

中将は呆れたように肩をすくめながらも、嬉しそうな顔をした。それから千暁のそばに跪くと、耳打ちをする。

「桐壺の更衣は自分で犯人探しをするつもりだ。恐らく、おまえと同じでおおよその見当はついているのだろう。まぁ、無理もない」

中将の言葉に、千暁は慌てた。

「だめだ、証拠もないのにことを荒立てるのは無謀というもの」

「俺もそう思うけどな。なにやら左大臣から女御宛に届いた手紙が怪しいと思っているらしい。その手紙はもう焼いてしまっているだろうと話したのだがな」

「手紙か……」

千暁は以前左大臣と藤壺の女御が話していた内容について思い出した。万が一にでもその手紙が残っていれば確かな証拠になるだろうが、さすがに処分してしまっているだろうな……。

「女官の話によるとその手紙の中に毒が添えられていたそうだ。もう少し確かな証拠を掴みたいところだな」

「だが、調べてみる価値はある。一度後宮に届けられた手紙の記録を検めさせよう。左大臣ゆかりの者を調べ、藤壺の女御に届いた文を検める」

「それにしてもあの妃はなかなか肝が据わっている。役人相手にも動じず、自分が犯人だと疑われているというのに堂々としていた。その上おまえが命を狙われたとあればその真犯人を突き止めようとする。本当に面白い」

「面白がっている場合ではない、早く咲子を止めてくれ、なんのためにおまえを付けたと思っている」

「いつもは冷静なおまえが桐壺の更衣のこととなると精彩を欠くな。心配なのはわかるが、おまえがやることはもう決まっているのだろう？」

「右大臣に話を付けた。あとは時を待つ」

「その時は、案外早く来るだろうよ。あぁ、俺は疲れた、少し仮眠をとってくる」

「待て龍、話は終わっていない！」

「話はもう付いたろう？　おまえは、すぐにやってくるというその時をただ待てばいい」

中将はそう言って、ひとつ大きな欠伸をしてから清涼殿を出ていった。

千暁との短い逢瀬を終えた咲子は満たされた気持ちになっていた。自然とこれから行動を起こすための勇気も湧いてくる。自分にとって、千暁がいかに大切な人であるかを再認識したからだ。

必ず千暁様をお守りする、この身に代えても……！

千寿丸から手紙がなかったと聞いた咲子は、散々考えた挙句、偽の手紙を用意することにした。正確には手紙ではない、折りたたまれた紙にはなにも書かれておらず白紙のまま。そこに、懐紙に塩を包んだものを添える。

和子から聞いた手紙の外見に極力似せたものだ。もしかしたら、これを見た藤壺の女御は動揺してくれるのではないかと願う。藤壺の女御が少しでもボロを出してくれたら、罪を糾弾することができるかもしれない。

だが、これだけでは当然証拠にはならない。他に、なにかできないかと咲子は考えを巡らせる。

「桐壺の更衣、それはいったいなんでしょうか」

和子が不思議そうな顔で尋ねると、咲子は「内緒です。でも、すぐにわかりますよ」と言って返した。

情報を集めるために藤壺の女御と対峙するよい機会はないだろうかと見計らっていると、近いうちに藤壺で宴が開かれることがわかった。多くの妃たちが呼ばれる席だという。

同じ日に咲子の処分が下されることもわかった。千暁の許可を得ず、左大臣が勝手に決めた日取りだという。千暁は抗議したが、左大臣は「罪人の処分は早い方が後宮の平和のためです」と取り合わなかった。親子で日取りを合わせたのかもしれない。

咲子は焦った。手紙以外に用意できたものはなにもない。

どうしよう、こんなに早く処分の日が来るなんて……。もう、時間がないわ、とにかくできる限りのことをやるしかない。女御にだって後悔の気持ちがあるはず。罪の意識があれば、もしかしたら自白してくれるかもしれない。それにかけるしかないわ。

「和子、私たちにはもう後がありません。少々手荒で無謀とも言えますが、なにもせず処分を受けるよりも、私はよいと考えています」

咲子が和子に声をかけると、和子は頷いた。

「私は桐壺の更衣に従います。なにもせずとも処分は決まっているのです。たとえどのような結果になっても恐れはしません」

「ありがとう和子、そう言ってもらえると勇気が出ます」

咲子は和子を勇気づけるようにほほ笑むと、断罪の日と重なる宴の日を待った。

その日はよく晴れた日になった。初夏のように爽やかな気候の中、藤壺では咲き誇る藤を愛でながらの宴が催された。見事に咲き誇った藤の下に、後宮内の妃たちが続々と集まってきている。

「そういえば、罪人の処分も今日なのだそうですよ」

藤壺の女御は上機嫌にそう言った。

「罪人とは……桐壺の更衣のことでしょうか？」

「えぇ、当たり前でしょう。なんでも私に嫉妬して帝に毒を盛ったそうではありませんか。私が憎ければ、私に毒を盛ればよいものを。幸い帝は無事でしたが、帝を殺めようとするなどなんと罪深い。本当に、下賤の者はなにを考えるかわかったものではありませんわ。本当に恐ろしい」

藤壺の女御は楽しそうに笑った。

「本当に、愚かなことです」

「それも使った女官にまで裏切られたそうではありませんか。毒を盛らされた女官が、桐壺の更衣の指示だと言ったそうですよ」

「私も聞きました。桐壺の更衣はまともな教育を受けてこられなかったので考えることが浅はかなのですよ」

妃たちもそう言って笑い合った。藤壺の女御も楽しそうに笑みを浮かべている。

「みなさんは本当に聡明ですわね」

咲子は遠巻きに藤壺の女御たちの様子をうかがっていた。中将に頼み込んで部屋を出してもらったのである。宴はつつがなく行われているようであった。

折りを見て、咲子は用意した手紙を手に藤壺に姿を現した。咲子の姿を見つけた藤壺の女御は驚いて目を見開き、それからひどく嫌そうな顔をした。

「あら、なんだか臭いと思ったら、ネズミが檻から逃げ出してきたようですね。みなさん、どうかご心配なく、今追い払わせますから」

藤壺の女御がそう言って咲子を睨んだ時、咲子は持っていた紙を取り出した。中に懐紙が包まれているのがわかるように持ってみせる。

この手紙が本物かもしれないと思って、女御が自白してくれることを願うしかない。

咲子の手元を見て、藤壺の女御は一瞬たじろいだように見えた。だが、すぐに落ち着きを取り戻す。

「こちらを拾ったのでお返しに参りました」

「なんですかその手紙は」

「これに、見覚えはありませんか？　中に厚みのある懐紙が入っているようです」

咲子が詰め寄ると、藤壺の女御はふんと鼻を鳴らした。

「その手紙がなんだというのです。どうせ、私を帝に毒を盛った犯人に仕立てるためにおまえが用意したものでしょう？」

「ち、違います。これは藤壺の女御宛の手紙ではないかと思い、お持ちしたのです」

だめだ、すぐに偽物だとばれてしまった。どうしよう、声が震える。絶対に怪しまれてはいけないのに……！

咲子は必死に平静を装った。心臓がバクバクと音を立てているけれど、藤壺の女御に焦りを見せるわけにはいかない。

咲子の言葉に、ほんの一瞬だけ藤壺の女御は驚いたような顔になった。だが、すぐに平静を取り戻す。

「嘘ですよ、そのくらいわかります。それは、あなたが私を陥れるために用意した偽物の手紙に違いありません」

「ど、どうして、偽物だと思うのですか？」

どうか、罪を認めて……！

だが、咲子の願いに反し、藤壺の女御はにっこりと笑顔を浮かべた。

「おまえは桐壺から一歩も出られなかったはず。そのおまえが、私宛の手紙を持っているとは到底思えません」

だめだ、少しも動揺しない。この人は少しも心を痛めてはいないのだ。帝に、毒を盛ったということに……。

咲子の額に冷たい汗が湧く。藤壺の女御は少しも動揺を見せない。咲子は祈るような気持ちで言葉を続けた。

「で、ですが、見覚えがあるはずです。藤壺の女御、この懐紙の中にはなにが入っているのでしょうか、ご存じではありませんか？」

咲子の願いを吹き消すように、藤壺の女御は笑みを浮かべる。

「私にわかるわけがないと言っているでしょう？　もしかして、それが毒だとでも言いたいのですか？　おまえがそれを持っているということは、おまえが帝を暗殺しようと企てたのだという動かぬ証拠。まるで私がその毒を持っていたかのように言いましたが、そんな証拠はどこにもありませんよ。そもそも、私が帝を殺める理由がありません。私は、帝に愛されているのですから。捨てられたおまえとは違うのです。毒にしたって、おまえがよく文のやり取りをしているという堀川の女御に用意させたのではありませんか？」

毒の存在を匂わせても藤壺の女御は少しも動じない。証拠の手紙も毒も、きちんと処分したという確信があるのだろう。藤壺の女御の自白を願っていた咲子は策を失ってしまった。

これ以上はなにを言っても、もうこちらが不利になるばかり。和子、助けてあげられなくてごめんなさい。千暁様、今まで、私は幸せでした、本当に——。どうか、お幸せに……！

咲子が女御を問い詰めることに限界を感じ、処分を受ける覚悟を決めた時だ、誰かの近づいてくる足音がした。

「今日はよい天気だな、藤の花も咲き誇り、みなもそろって宴を楽しんでいるようだ」

姿を見せたのは千暁その人であった。藤壺の女御は嬉しそうに声を上げた。

「まぁ、ようこそいらっしゃいました。私主催の宴です、どうぞ楽しんでいってください」

「いや、私は宴を楽しみに来たのではない」

「では、私に会いに来てくださったのでしょうか？」

「そうだな——」

「まあ！　みなさん申し訳ありませんが、宴の続きはまた後ほどにいたしましょう。

今すぐお帰りになってください」

千暁が頷いたので、藤壺の女御は慌てて他の妃たちを帰そうとする。だが、千暁は首を横に振った。

「いや、このままでいい。みなにも聞いてもらった方がよい」

千暁は咲子の方をちらりと見ると、視線を後ろに向けた。千暁がなにを言い出すのかと、咲子は緊張した面持ちで千暁を見つめる。

ここで、私は処分を下されることになるのだろうか……。千暁様の口から後宮を去れと言われたら、どれほど苦しい気持ちになるのだろう……、想像しただけで恐ろしくなるわ。

咲子は身が裂けるような思いだった。

「藤壺の女御、そういえば手紙がどうとか話をしていたな。桐壺の更衣と揉めていたようだが、なんのことだ？」

千暁は一瞬視線を咲子に向けてから、藤壺の女御を見る。

「えぇぇ、聞いてください帝。桐壺の更衣が私を陥れようと偽の手紙を持ってきたのですよ、私が帝に毒を盛った犯人だなどと恐ろしいことを言うのです。自分の罪を私に擦りつけようとするのですよ、本当に意地の悪い方ですわ」

藤壺の女御は着物の袖で目元を隠し、悲しむようなしぐさを見せた。咲子は千暁になんと説明すべきか悩んだ。手紙が偽物であることは確かなのだ。弁解のしようがない。

「ほう。だが、それはおかしいのではないか？」

千暁は芝居がかったように首を傾げた。

どういうことだろう。咲子はすぐには千暁の意図するところがわからない。

「な、なぜです？」

咲子の言葉を代弁するように、藤壺の女御が取り乱して聞き返した。

「どうしてこの手紙の存在が、おまえが毒を盛った犯人だと示すことになる？　桐壺の更衣はただ、この手紙を知っているかと聞いただけであろう。この手紙が今回の罪に関係しているとは、誰も言っていないのに、どういうわけか勝手にそう解釈したのだな」

確かに、考えてみたらおかしな話だと咲子は千暁の言葉にはっとした。

「そ、それは……」

藤壺の女御もその違和感に気がついたのだろう。千暁の指摘を聞き、明らかに取り乱している。

「まるで、もともと本物の手紙があり、その存在を知っていたかのようだな」

「そ、それは、なんとなく察したのです……！　桐壺の更衣が私を陥れようとしていると。言葉のあやではありませんか！　そんなことで証拠にはならないはずです」

「ふん、まあ手紙のことはよい。藤壺の女御がなかったと言うのなら、本当になかったのだろう」

千暁の言葉に、藤壺の女御は安堵した表情を見せる。

「や、やはり帝は私のことを信じてくださるのですね！　嬉しいですわ」

藤壺の女御は咲子を見ながらにんまりと笑みを浮かべる。

「ところで藤壺の女御、私は別でおまえに尋ねたいことがあるのだ」

「まぁ、いったいどのようなことでしょう？　なんなりとお尋ねください」

「では。私が興味深いものを用意したのだ、まずは聞いてもらいたい証言がある」

千暁は視線を後ろへ向け、そこに向かって大きな声で問いかける。

「龍、そこに連れてきている者に少し話を聞いてもよいか」

「はい、構いません」

扉を挟んだ向こう側に、誰かいるようだ。ひとりは龍の中将の声だ、もうひとりいるのは誰だろうか。

「よし、話してみよ。おまえは何者だ」

辺りが静まり返ると、扉の向こうから聞いたことのない男の声がした。

「私は普段薬を扱っております。先日、左大臣に頼まれていくつか毒を売った者でごございます」

そこにいたのは商人のようだった。男の声を聞いて、妃たちがざわめき始める。藤壺の女御の顔がみるみる青ざめていくのがわかった。千暁は藤壺の女御に尋ねる。

「これはなかなか興味深い証言だろう。藤壺の女御、左大臣はなんのために毒を買い付けたのだろうか、聞きたいと思っていたのだ。おまえはなにか知っているか？」

「そ、そのようなこと、知るはずがありませんわ」

「そうか――。そうだな、おまえが知るはずなどないのだろう」

「はい、もちろんでございます」

千暁の言葉に、藤壺の女御は安堵したように頷いた。

「そういえば先ほど大臣からの手紙の話が出ていただろう？　私の方でも思うところがあって、ここ最近後宮へ届いた手紙の記録を調べさせていたのだ。おまえは手紙などなかったと言っていたが、その中に左大臣から藤壺の女御に届けられた手紙の記録があったような気がしたが……、私の勘違いだろうか？　先ほど桐壺の更衣が持っていた手紙とは関係がないのか？」

千暁の言葉を聞いて、藤壺の女御ははっとしたような表情になってから、わずかに焦りを見せる。

「か、関係ございません。そもそも、手紙は父が直接持ってきたのです。記録に残るはずがありません」

「そうか、大臣が直々に持ってきた手紙はあったということだな」

千暁がそう言って尋ねると、藤壺の女御は慌てて首を横に振った。

「と、届けにきたのは手紙ではございません、く、薬……、そう、薬でございます。急を要しましたので、直々に持ってきてくださったのです。走り書きのようなものもほんの少し最近調子を崩したと父に手紙を書きましたので、用意してくれたのです。手紙などというだけありましたが、私を案ずるような内容が書かれていただけです。手紙などという大層なものではありませんわ。取るに足らないものでしたので処分をいたしました。それだけでございます」

女御はしらを切るつもりである。左大臣が毒を手に入れたからといって、それを藤壺の女御が指示して毒を盛らせたという証拠はない。もちろん、千暁に使ったという証拠にもならない。わずかに焦りを見せていた藤壺の女御であったが、出てくる証拠がどれも決定的なものではないと思ったのだろう、話しているうちに次第に落ち着きを取り戻したようだ。余裕があるのか、うっすらと笑みすら浮かべている。

だめだわ……。ここまで来ても藤壺の女御を追い詰めることはできない……。諦めたくない、諦めたくないのに、これ以上どうしたらよいのかわからない……！　なにか、なにか考えなければ……！

咲子がそう思い、祈るような気持ちで固く目をつぶった時である。

「お、お、恐れながら、お待ちください」

千暁の後ろに控えていた女官がひとり、大きな声を出した。緊張のせいか、裏返った声になっている。他でもない、和子であった。千暁は振り返ると口角を持ち上げた。

「そうであった、もうひとつ聞いてもらいたい証言があったのだ。そこの女官、申してみよ」

千暁がそう言うと、和子は声を張り上げる。

「桐壺に仕える和子と申します。私は嘘を申しておりました。私に毒を盛るよう指示したのは桐壺の更衣ではありません」

和子に注目が集まる。咲子も心配そうな顔で和子を見た。

「興味深い。では、実際に指示したのは誰だ？」

千暁が聞き返すと、和子はしっかりと前を見据えて答えた。

「藤壺の女御でございます。女御は左大臣様から毒を受け取り、私に帝の食事に毒を混ぜるよう指示を出しました。女御は毒を盛った罪を桐壺の更衣に着せろと仰られました。私の父はもともと左大臣様にお仕えする身、愚かな私は命令に背くことができませんでした」

和子の言葉に、藤壺の女御の表情は一変して目を吊り上げる。

「和子！　おまえ、私を裏切るのですか！　おまえのお父上がどうなってもよいと言うのですね！　そもそも、おまえの言うことなど誰が信じるものですか、どうせまた桐壺の更衣にそそのかされているのでしょう！」

「帝に毒を盛った時点で、私も父も罪は免れません。ただ、私のために罪を被り、その上、私の心の弱さを赦し、守ろうとしてくださった桐壺の更衣に、これ以上濡れ衣を着せ続けることは、私にはできません」

「和子……」

咲子は和子のもとに駆け寄り、恐怖に震えるその体を抱きしめた。ただならぬ恐れの中、和子は咲子のために勇気を振り絞ったのだとわかる。

「すべてわかった」

千暁は頷いた。藤壺の女御は青い顔をする。

「まさか、帝はこの女官の言うことを信じるというのですか！　この女官は桐壺の更衣に操られているのです！　帝、どうか私の言うことを信じてください」

縋りつこうとする藤壺の女御に、千暁は冷たい視線を送った。

「今、藤壺の女御は女官に対して自分を裏切るのかと言っていたが、それはどういう意味だろうか」

「それは……こ、言葉通りでございます！　あの女官は、私を裏切り、桐壺の更衣と一緒になって私を陥れようとしているのです！　本当でございます！」

「もう一度そこの女官に聞く。偽りを申せば私がおまえとおまえの父親を改めて処分しよう。代わりに真実を話せば情状酌量の余地を認める。真実を話せ」

千暁に問いかけられ、咲子に支えられていた和子は、居住まいを正すと深々と頭を下げた。

「申し上げます。私に毒を盛るよう指示されたのは、他でもない藤壺の女御でございます。女御が左大臣様から受け取ったものは薬ではなく毒でした。その毒を私に渡されたのです」

「う、嘘でございます！　出鱈目を言っているのです！」

「藤壺の女御、おまえのような罪人の操る言葉になんの意味があるというのか。私は私の妃である桐壺の更衣の言葉と、更衣の女官の言葉を信じる」

「帝！」

ついに逃げ場のなくなった藤壺の女御は千暁の足もとにひれ伏した。

「わ、私は父の指示に従っただけでございます！　本当は嫌だったのです。愛しいあなたに毒を盛ることなど、どうしてできましょうか。そうです、私は父が恐ろしくて……。私に罪はありません、どうかどうか！」

縋りつこうとする藤壺の女御を、千暁はひどく冷たい目で見下ろした。

「おまえの顔など見たくもない。左大臣ともども、この後宮より去れ。後日正式に処罰を下す。それまで藤壺に籠っているがいい」

「帝！　私は無実でございます！　私はあなたに愛されたい一心で……！　そもそもあなた様が悪いのです！　あのようなみすぼらしい小娘を妃に迎えたりして！　私の方が、あなたに相応しいというのに！」

「黙れ」

低い声が響く。千暁は藤壺の女御に一言そう告げると、視線を他の妃たちに向けた。最後に優しい眼差しを咲子に向けてくる。

「騒がせてすまなかった。みな、各自部屋に戻られよ。桐壺の更衣はこちらへ」

「帝！　ご慈悲を……！」

千暁は縋りつこうとする藤壺の女御を見ようとはしなかった。他の妃たちがそろそろと部屋に戻ってしまうと、千暁は咲子を伴って弘徽殿へと向かう。藤壺の女御は役人に取り押さえられ、藤壺へと押し込められた。

「勝手なことをして申し訳ございませんでした」

弘徽殿に入ると、咲子は千暁に向かってひれ伏した。

「やっと、ふたりきりになることができた。どうか頭を上げてくれ、咲子が謝らねばならないことなどなにもない。私の方こそ、不安な思いをさせて申し訳なかった」

千暁は咲子の体を優しく抱きしめてきた。

「それにしても、咲子があんなにも大胆な行動に出るとは驚いた。龍から話を聞いた時には肝が冷えたぞ」

「申し訳ありません、必死だったものですから……」

「いいや、いいんだ。咲子があのような場を設けてくれてよかった。おかげでみなの前で左大臣と藤壺の女御の悪事を暴くことができた」

「いえ、私の無謀な計画で和子を危険に晒してしまうところでした。あそこで千暁様が現れてくださらなかったらと思うと……」

私はなんと愚かなことを……。

恐ろしさに咲子は思わず自分の体を抱きしめた。千暁はそんな咲子を優しく抱きしめる。

「左大臣が突然咲子の処分を決めてしまったので本当に焦った。右大臣や龍にも協力してもらって必死に証拠を探していたのだ、間に合ってよかった。どのように糾弾しようかと考えていたのだ。下手に追い詰めては言い逃れられてしまう可能性だってある。咲子の用意した手紙があったからこそ、左大臣と藤壺の女御が共犯であることを暴き、藤壺の女御を追い詰めることができた、ありがとう」

千暁は安堵した表情で咲子を見ると、今にも泣きそうな顔になる。咲子はその頬にそっと触れた。

「そのような顔をなさらないでください。あなたのおかげで、私は無事に後宮に残ることができました」

「どんな手を使ってでも咲子を守るつもりでいたのだ、左大臣も焦っていたのだろうな」

「私も焦っておりました。もしも、あなたのもとから去らなくてはならない日が来たらと考えただけで恐ろしくて……。正直に申し上げると、お会いできない間も本当に苦しかったのです。なにか、理由がおありだと思ってはいたのですが……」

「それは、どこから話すべきか……」

千暁は少し悩んでから、今日にいたるまでの話を始めた。

「まずは咲子に会いに行けなくなったことの弁解からさせてほしい」

「……その間、藤壺の女御をお呼びだったと聞きました。千暁様が他の女性と一緒におられると考えるだけで心が壊れてしまいそうでした」

咲子が瞳を伏せて悲しそうに言うと、千暁は苦々しい顔をした。

「そんなにも私のことを想ってくれていたのか……。藤壺の女御など、誰が呼ぶものか、女御が勝手に私のもとを訪れてきたのだ。私の護衛に左大臣の息のかかった者が加わり、更には女御を部屋に帰せば咲子に危害を加えると脅されて、咲子のもとに行きたくとも行くことができなかった。帝とはいえ私の権力も盤石ではない。龍を遣わすこともできず、おかげで咲子に辛く悲しい思いをさせることになってしまった。本当に申し訳ない」

「いえ！　千暁様が謝ることではありません。そもそも後宮とはあなたひとりの愛を多くの妃で分け合う場所。それを納得できない私が悪いのです」

「私の妃は咲子ひとりだけだ。これまでも、これからも未来永劫それが変わることはない」

千暁はそう告げると、咲子の頬に触れた。熱を帯びた瞳に見つめられ、咲子がゆっくりと目を閉じると、柔らかな熱が唇に降りてくる。

「千暁様、お会いしたかった……」

咲子が一筋涙を流すと、千暁はそれを優しく掬い取った。

「千暁様、続きを聞かせてください。いったい、今日までの間になにがあったのかを」

「そうだな、これ以上あなたに触れるのはすべての片を付け終えた後にしよう」

千暁の言葉に、咲子は頬を赤らめる。その様子を愛おしそうに見つめてから、千暁は話を続けた。

「私が女御と夜をともにすることなどありえない。それで私に腹を立てた女御と焦りを感じた左大臣は私を暗殺するという今回のことに及んだのだろう。時間をかけ毒を盛り、私を衰弱死にでも見せかけ殺すつもりだったのだろう。上手くいけば、思い通りに操ることができない私を亡き者にでき、幼い東宮を帝に立てて自分が摂政になるつもりだったのだと思う。仮に私が死ななくとも、咲子に罪を着せ、後宮から追い出すことができたらよいとでも考えていたのかもしれないな」

千暁の推測を聞いた咲子は藤壺の女御と左大臣の考えの恐ろしさに眉をひそめた。

「権力のために千暁様に毒を盛るなんて……。それに、東宮である千寿丸様はまだ七つになったばかりです！　そのような幼子に、この国を背負わせようとなさるとは。あまりに重すぎます」

「だが彼らは決行した。先日、私の食事を確かめていた薬子が代わったのだ。思えばそこからおかしいと思わなければいけなかった。新しい薬子はいつものように銀の箸を使い、私の食事を調べたはずだった。だが、いざ私が食事に手を付けようとすると、咲子がくれた箸が黒く変色したのだ」

「そんな……」

「薬子は左大臣が用意したもの、銀の箸は偽物だったのだろう。咲子の箸がなければ、私は毒を食べ続け、今頃ここにはいないかもしれない」

「そんなことになったら私は……」

咲子は恐ろしさに胸を押さえた。もしも、千暁になにかあったらと思うと、たとえようのない悲しみが襲ってくる。

「そのような顔をするな。咲子のおかげで、私は無事だった」

「よかった、本当に。私の贈り物などがお役に立ててよかったです」

咲子はそう言ってからはっとした。千暁への贈り物として銀の箸をすすめたのは他でもない和子なのだ。

きっと和子が計らってくれたのだ、ありがとう和子。

咲子は心優しい女官に感謝した。

「千暁様、私に銀の箸を贈るようすすめてくれたのは他でもない和子なのです。どうか、寛大な処分をお願いいたします。私は和子に感謝しているのです」

「安心しろ、彼ら親子の処分は私が検討しておく。咲子のもとに戻ることができたら礼の言葉を伝えてやるといい」

「はい、心から和子の帰りを待っています」

ふたりは寄り添うと、麗らかな初夏の陽気に身をゆだねる。思えば、幼い千暁と出会ったのもこの頃だったと、咲子は思った。

「あぁ、ずっとこうしていたい気持ちは山々なのだが、まだまだやらなければいけない仕事が残っているのだ。私は紫宸殿(ししんでん)へと戻らねばならない。色々とことが片付いたあかつきには、必ず咲子のもとを訪れる」

「貴重なお時間を割いてくださりありがとうございました。お会いできて本当に幸せでした」

千暁は名残惜しそうに咲子を抱きしめると、弘徽殿を後にする。咲子は千暁を見送ってから、弘徽殿を後にしようとして、ふと、部屋の中を見回した。

取りそろえられた見事な調度品の数々、弘徽殿も桐壺同様長く使われていなかったと耳にしていたが、まるで誰かが住まっているような様子だ。

「私がここにいるということは、どなたもお使いになられていないはずだけど……。千暁様はあのように仰ってくださったけれど、もしかしたら千暁様の知らないうちに新しいお妃を迎える準備が進んでいるのかもしれない」

弘徽殿にいらっしゃるということは高貴なお家柄の方……。

千暁が新しい妃を迎えるのかもしれないと、一抹の不安がよぎる。咲子は強く目をつむり、首を横に振った。

「でも、大丈夫。私は、今まで通り千暁様の愛を信じるだけ」

そう言って自分を納得させると、咲子は桐壺へと戻ろうと踵を返した。

翌日、千暁は再び咲子のもとを訪れた。

「おはよう咲子、昨夜はよく眠れたか？」

「はい、心配ごとが消えましたから」

咲子は笑顔で答える。真実を知るのが恐ろしくて弘徽殿のことについては尋ねることができない。

「ひとつ咲子に伝えておきたいことがあったのだ」

「私にですか？」

「あぁ、今日、左大臣と藤壺の女御に処分が下される。その後、咲子に清涼殿にきてもらいたい」

「清涼殿にですか……？　はい、わかりました。必ず伺います」

「必ずだ。本当は龍か誰かに言付けるべきなのだろうが、わずかな時間でも咲子に会いたくて自らきてしまった」

そんな風に思ってくださるなんて、なんて幸せなことだろう……。

咲子は千暁の言葉に頬を赤く染め、立ち上がった。

「では、お見送りをさせてください。私も同じ気持ちです、少しでも長くあなたの姿を見ていたいのです」

「嬉しいことを言ってくれる。では、また後ほど、清涼殿で待っているから」

千暁がそう言って咲子に背を向け、数歩歩みを進めた時だ。

どこからか一本の矢が千暁目がけて飛んできた。

「……千暁様！」

危ない……！

いち早く矢の存在に気がついた咲子は、千暁を守るように立ちはだかる。

振り返った千暁の声が響いた瞬間、胸を強く殴られたような強い衝撃が走り、鈍い痛みを感じた。息ができないほどの衝撃に、咲子はそのまま意識を失った。

「咲子！」

咲子が目を覚ましたのはそれから半日が過ぎてからだった。すっかり夜が更けてから咲子が目を覚ますと、そばに付き添っていた千暁が泣きそうな顔でこちらを見ているのと目が合った。

「咲子、目が覚めたのか！　よかった、本当によかった……」

咲子の顔を見ると、その瞳から涙がこぼれ落ちる。

「千暁様、私は……ここは？」

「私の寝所だ。覚えているか、咲子は私をかばってその身に矢を受けたのだ」

千暁の言葉を聞いて、ぼんやりとしていた記憶が次第に鮮明に戻ってくる。

「……そうです……。千暁様の背に矢が飛んでくるのが見えて、私、夢中で――」

矢が当たった胸のあたりに手を当てる。打ち身のような鈍い痛みはあるが、矢が刺さったような傷があるようには思えかった。そもそも、矢が刺さったのであればもっと痛むはず、場合によっては命を落としていてもおかしくない。

咲子が不思議に思っていると、千暁はあるものを取り出した。それは、小さくえぐられた銀色のなにか――。

「矢は、この懸守に当たっていた。これが、あなたを守ってくれたのだ」

咲子は銀の塊を見て真っ青になる。見覚えのあるその銀細工は、以前千暁がくれた母親の形見だった。

「私の代わりに、大切なお母様の形見が……私はなんてことを！　申し訳ありません！」

ひれ伏そうとする咲子の体を千暁が抱きとめる。

「馬鹿なことを言うな！　懸守と咲子と、どちらが大切かなど比べるまでもない。そもそもこれは母が私を守るために残してくれたもの。この懸守を咲子に渡しておいて本当によかったと私は心の底から安堵したのだ。きっと母が、あなたを守ってくれたのだと思う。私にとって、最も大切な人であるあなたを――」

「そんな……恐れ多いことでございます」

放たれた矢は咲子の身に着けていた懸守に当たり、咲子の命を守ってくれていた。

「なかなか目を覚まさないものだから本当に心配した。医師は心労がたまっているのだろうと言っていたが、それは咲子に辛い思いをさせ続けた私の責任――本当に、申し訳ない」

「謝らないでください！　私は安堵したのだと思います。千暁様を守ることができたのですから……」

「本当に、また咲子に守ってもらったな」

「いいえ、守られたのは私の方ですよ。千暁様がくださった懸守のおかげで、私はこの通り無事だったのですから」

ふたりは顔を見合わせ、ほほ笑み合った。

「すぐにでも咲子に伝えたいことがあるのだが、今夜は安心してゆっくり休んでくれ」

「そのように仰られると、とても気になります。

「あぁ、だから早くよくなってくれ。私も早く伝えたくて仕方がないのだ」

千暁は咲子の隣に横になると、咲子を優しく抱きしめた。咲子は愛しいぬくもりに包まれ、穏やかな眠りに包まれていく。空には満ちた月が上り、優しく世界を照らしていた。

咲子が深い眠りに就いている間に、左大臣と藤壺の女御が処罰されていた。

矢を放った人物もすぐに捕らえられ、左大臣の放った刺客であることもわかった。

左大臣は自分の処分が決まる前に、どうにか千暁を亡き者にしようと考えていたようである。騒動に乗じて自らの罪を有耶無耶（うやむや）にしてしまうつもりだったのだろう。

捕らえられた左大臣一家は重い罰を受け、遠い地への流刑が決まり都を去ることになった。その知らせは、目を覚ました咲子のもとにも届いていた。もう二度と左大臣と女御が都の土を踏むことはないだろう。

「本当に、安心いたしました」

咲子の髪を梳かしながら、和子は安堵したように声をかける。和子と父親の処分は軽いもので済み、和子は正式に咲子付きの女官となった。千暁が計らってくれたのだ。

「さぁ、お化粧も終わりましたよ」

咲子は和子を始めとした女官たちの手によって着飾られていた。

「ねぇ、このように着飾っていたら帝がびっくりするのではないかしら」

朝目覚めたら、女官たちが嬉々として咲子を着飾り始めたのだ。理由を尋ねてもみなほほ笑むだけで誰ひとり答えてはくれない。

「えぇ、あまりの美しさに驚かれると思いますよ。まるでかぐや姫のようだと仰られるに違いありません」

「そしてまた月に帰ってしまうのかと不安に思われるかもしれませんわ」

女官たちは楽しそうに笑っている。

「そういうことではありません。なぜこのように着飾っているのかと、お笑いにならないかしら……」

千暁がそのようなことで笑うような人ではないことはわかっているけれど、なぜいつも以上に着飾る必要があるのかわからず咲子は困惑していた。

記憶違いでなければ、宴の類はなかったはずである。

「桐壺の更衣、帝がいらっしゃいましたよ」

女官の言葉に、咲子の胸は高鳴った。千暁に会えると思うと、それだけでたまらなく嬉しい気持ちになる。

「よ、ようこそおいでくださいました」

いつもよりも着飾っている気恥ずかしさで思わず声が裏返る。

「すっかり顔色もいいな、安心した。それにとても綺麗だ、私が選んだ着物も、とてもよく似合っている」

「ご心配をおかけしました。もうすっかり元気ですよ」

千暁は咲子を見つめると、笑みをこぼした。

「これでようやく伝えることができる。長く待たせて申し訳なかった、矢の騒動ですっかり遅くなってしまったのだ。桐壺の更衣、改めてあなたに伝えたいことがある」

「ずっと気になっておりました。私に伝えたいこととはなんでしょうか？」

「今日をもって、あなたは右大臣の養女となった。あなたを皇后に迎えたい、どうか、弘徽殿に移ってくれないか」

千暁がそう告げると、周りの女官たちが悲鳴にも似た喜びの声を上げた。咲子は驚きのあまりに言葉を失う。ようやく音に乗せた言葉は震えていた。

「私が、あなたの皇后に……」

「他には考えられないと言っただろう？　咲子には皇后になってもらう。右大臣は後に左大臣の地位に置く。反対する者などいるわけがない。今日から咲子は私の唯一の妻になる」

「本当に、そんな夢のようなことが……」

千暁の言葉に、咲子ははらはらと涙を流した。弘徽殿に調度品がそろっていたのは、咲子を迎え入れるためだったのだとわかり、ようやくすべての悩みがほどけたような気がした。

「私が不甲斐ないばかりに長く待たせて悪かった。だが、もう夢ではない。ようやく本当の夢を叶えることができた。これから正式に咲子が入内するための儀式を行おうと思っているのだ。さあ、ともにいこう」

「そ、そんな恐れ多い！　私は改めて儀式など……」

女官たちが嬉々として咲子を着飾っていた理由がようやくわかった。咲子が皇后となり、婚礼の議を行うことを知っていたのだ。

「とてもではありませんが、心の準備ができておりません」

「では、私の皇后にはなりたくないというのか？」

「そんなはずはありません！　それは私が決して叶わないと思っていた夢ですから……！　あなたのただひとりの妃になれるとしたらこんなに嬉しいことはありません」

「では、今すぐに心の準備をしてくれ。前もって知らせていなくて悪かったとは思っているのだが、少し、驚かせたかったのだ」

「とても驚きましたよ！」

咲子が訴えると、千暁は嬉しそうに目を細める。

「さぁ、おいで、私の皇后――」

そう言って千暁は手を差し出す。咲子が遠慮がちに差し出した手を掴むと、千暁はその手をしっかりと握った。千暁に手を引かれ、弘徽殿へと向かう途中、千暁は足を止めた。

「そうだ、咲子に見せたいものがあるのだった」

そう言うと、千暁は咲子を連れ出す。池にかかる欅橋、その先に映る景色を見て咲子は目に涙を浮かべた。視線の先には、美しく咲き誇る桐の花があった。

「桐の樹木は桐壺にも生えてはいるのだが、咲子との再会に感謝して新しく植えていたのだ。ようやく花をつけた。ここから、あの木をふたりで見守りたい」

「……なんて綺麗な花なのでしょう。ありがとうございます……とても嬉しい」

そのまま桐のもとへと寄り添って歩みを進める。花の咲き誇る木の下で立ち止まると、千暁は一輪の花を手に取った。その薄紫の美しい花を咲子の髪に飾る。

「桐の花の美しさも、咲子の前では見劣りしてしまうな」

「そんなことはありません。あぁ、こんなにも幸せなことがあってもよいのでしょうか、すべてが夢のようです」

「夢ではない。だが、私の方も夢を見ているようだ――。どれほど、あなたを探したことか……！　本当に、長かった」

咲子は千暁の胸に手を当てた。近江で出会った、幼い日のように――。

「温かい」

「ようやく手に入れることができた、桐花姫」

「私も、ずっとお待ちしておりました。千暁様、あなただけを……」

互いに身を寄せ合うふたりは、まるで連理（れんり）の枝のようである。未来永劫離れることはない。視線の先で、風に吹かれた桐の花がそよそよと揺れていた。美しい薄紫色の花が風に揺れる。降り注ぐ木漏れ日は、まるでふたりを祝福するように優しく輝いていた。

あとがき

はじめまして、この度は本書を手に取ってくださり本当にありがとうございました。

本作はもともと二万字程度の短編だったものを、長編化した作品になります。

短編の方は小説サイト「ノベマ！」さんのサイトで行われているコンテストをきっかけに書いたものです。お題の通り、平安後宮を題材に作品を書いてみようと思い立ったところまではよかったのですが、私は今まで平安後宮というものにあまり馴染みがありませんでした。学校の授業で源氏物語を少しかじったかな……ということと、以前紫式部の生涯について調べてみようかなと思ったことがありましたので、その際に何冊か本を読んだかな？　程度の知識しかありません。書き進めるうちにわからないことがたくさん出て来てその度に色々調べることに。どうにか知り得た知識をかき集めて、平安時代ってこんな時代かな、平安後宮ってこんな場所かな……と想像しつつ、そこでひとりの女の子が生きていくにはどんな苦労があるだろうかと想像を膨らませながら書くことになりました。平安時代ならではの趣がお伝え出来たらよいなと思っています。

長編化するにあたり、どこの話を盛っていこうかなと色々と悩んだ結果、咲子が帝の妃になってからの話を書き足すことにしました。思惑の渦巻く後宮で、咲子がどのように自分の居場所を守っていくのか、みなさんに見守っていただけたら嬉しいです。咲子が従姉の付き人として後宮に入り、帝の横に堂々と寄り添って立てるようになるまでには多くの困難があったと思います。その中からいくつかのエピソードを選んで本書に書かせていただきました。何も持たない咲子が、その心の強さと優しさを武器にして悪意に立ち向かう様子に、みなさんがスカッとした気持ちになってくれたら嬉しいなと思います。

最後になりましたが、本書に携わってくださったみなさんへお礼を伝えたいと思います。このような本の形にしていただけるのは初めてのことですので、右も左もわかりませんでした。担当さんをはじめ、多くの方々にお力添えいただき、どうにかこうにか発刊に至ることができました。丁寧にご指導くださり本当にありがとうございました。理想を遥かに超える素敵な表紙を描いてくださった甘塩コメコ先生、本当にありがとうございました。

なにより、本書を手に取ってくださった読者のみなさんに、感謝の気持ちでいっぱいになっております。本当にありがとうございます。

生きにくい時代を生き抜くための、少しの娯楽になりますように。

藍せいあ

この物語はフィクションです。実在の人物、団体等とは一切関係がありません。

藍せいあ先生へのファンレターのあて先
〒104-0031　東京都中央区京橋1-3-1　八重洲口大栄ビル7F
スターツ出版（株）書籍編集部 気付
藍せいあ先生

平安後宮の没落姫

2022年11月28日　初版第1刷発行

著　者　　藍せいあ　©Ai Seia 2022

発 行 人　菊地修一
デザイン　カバー　北國ヤヨイ（ucai）
　　　　　フォーマット　西村弘美
発 行 所　スターツ出版株式会社
　　　　　〒104-0031
　　　　　東京都中央区京橋1-3-1　八重洲口大栄ビル7F
　　　　　出版マーケティンググループ　TEL 03-6202-0386
　　　　　（ご注文等に関するお問い合わせ）
　　　　　URL　https://starts-pub.jp/
印 刷 所　大日本印刷株式会社

Printed in Japan

ISBN　978-4-8137-1359-3　C0193

スターツ出版文庫　好評発売中!!

『君の傷痕が知りたい』

病室で鏡を見ると知らない少女になっていた宮（『まるごと抱きしめて』夏目はるの）、クラスの美少女・姫花に「世界を壊してよ」と頼まれる生徒会長・栄介（『世界を壊す爆薬』天野つばめ）、マスクを取るのが怖くなってきた結仁（『私たちは素顔で恋ができない』春登あき）、生きづらさに悩む片耳難聴者の音織（『声を描く君へ』春田陽菜）、今までにない感情に葛藤する恵美（『夢への翼』けんご）、親からの過剰な期待に息苦しさを感じる泉水（『君の傷痕が知りたい』汐見夏衛）。本当の自分を隠していた毎日から成長する姿を描く感動短編集。

ISBN978-4-8137-1343-2／定価682円（本体620円+税10%）

『ある日、死んだ彼女が生き返りました』　小谷杏子・著

唯一の心許せる幼馴染・舞生が死んでから三年。永太は生きる意味を見失い、死を考えながら無気力な日々を送っていた。そんなある日、死んだはずの舞生が戻ってくる。三年前のままの姿で…。「私が永太を死なせない！」生きている頃に舞生に想いを伝えられず後悔していた永太は、彼女の言葉に突き動かされ、前へと進む決意をする。さらに舞生がこの世界で生きていく方法を模索するけれど、しかし彼女との二度目の別れの日は刻一刻と近づいていて——。生きる意味を探すふたりの奇跡の純愛ファンタジー。

ISBN978-4-8137-1340-1／定価682円（本体620円+税10%）

『後宮医妃伝二 ～転生妃、皇后になる～』　涙鳴・著

後宮の世界へ転生した元看護師の白蘭は、雪華国の皇帝・琥劉のワケありな病を治すため、偽りの妃となり後宮入りする。偽りの関係から、いつしか琥劉の無自覚天然な溺愛に翻弄され、後宮の医妃として居場所を見つけていく。しかし、白蘭を皇后に迎えたい琥劉の意志に反して、他国の皇女が皇后候補として後宮入りすることに。あざといほどの愛嬌で妃嬪たちを味方にしていく皇女に敵対視された白蘭は、皇后争いに巻き込まれていき——。２巻はワクチンづくりに大奮闘!? 現代医学で後宮の陰謀に挑む、転生後宮ラブファンタジー！

ISBN978-4-8137-1341-8／定価737円（本体670円+税10%）

『後宮異能妃のなりゆき婚姻譚～皇帝の心の声は甘すぎる～』　及川桜・著

「人の心の声が聴こえる」という異能を持つ庶民・朱熹。その能力を活かすことなく暮らしていたが、ある日餡餅を献上しに皇帝のもとへ訪れることに。すると突然、皇帝・曙光の命を狙う刺客の声が聴こえてきて…。とっさに彼を助けるも、朱熹は投獄されてしまうも、突然皇帝・曙光が現れ、求婚されて皇后に。能力を買われての後宮入りだったけれど、次第にふたりの距離は近づいていき…。『かわいすぎる…』『口づけしたい…』と冷徹な曙光とは思えない、朱熹を溺愛する心の声も聴こえてきて…!?　後宮溺愛ファンタジー。

ISBN978-4-8137-1342-5／定価660円（本体600円+税10%）

スターツ出版文庫　好評発売中!!

『君がくれた物語は、いつか星空に輝く』　いぬじゅん・著

家にも学校にも居場所がない内気な高校生・悠花。日々の楽しみは恋愛小説を読むことだけ。そんなある日、お気に入りの恋愛小説のヒーロー・大雅が転入生として現実世界に現れる。突如、憧れの物語の主人公となった悠花。大雅に会えたら、絶対に好きになると思っていた。彼に恋をするはずだと――。けれど現実は悠花の思いとは真逆に進んでいって…⁉「雨星が降る日に奇跡が起きる」そして、すべての真実を知った悠花に起きた奇跡とは――。

ISBN978-4-8137-1312-8／定価715円（本体650円+税10%）

『この世界でただひとつの、きみの光になれますように』　高倉かな・著

クラスの目に見えない序列に怯え、親友を傷つけてしまったある出来事をきっかけに声が出なくなってしまった奈緒。本音を隠す日々から距離を置き、療養のために祖母の家に来ていた。ある日、傷ついた犬・トマを保護し、獣医を志す青年・健太とともに看病することに。祖母、トマ、そして健太との日々の中で、自分と向き合い、少しずつ回復していく奈緒。しかし、ある事件によって事態は急変する――。奈緒が自分と向き合い、一歩進み、光を見つけていく物語。文庫オリジナルストーリーも収録！

ISBN978-4-8137-1315-9／定価726円（本体660円+税10%）

『鬼の花嫁　新婚編一～新たな出会い～』　クレハ・著

晴れて正式に鬼の花嫁となった柚子。新婚生活でも「もっと一緒にいたい」と甘く囁かれ、玲夜の溺愛に包まれていた。そんなある日、柚子のもとにあやかしの花嫁だけが呼ばれるお茶会への招待状が届く。猫又の花嫁・透子とともにお茶会へ訪れるけれど、お屋敷で龍を追いかけていくと社にたどり着いた瞬間、柚子は意識を失ってしまい…。さらに、料理学校の生徒・澪や先生・樹本の登場で柚子の身に危機が訪れて…⁉　文庫版限定の特別番外編・外伝 猫又の花嫁収録。あやかしと人間の和風恋愛ファンタジー新婚編開幕！

ISBN978-4-8137-1314-2／定価649円（本体590円+税10%）

『白龍神と月下後宮の生贄姫』　御守いちる・著

家族から疎まれ絶望し、海に身を投げた17歳の澪は、溺れゆく中、巨大な白い龍に救われる。海中で月の下に浮かぶ幻想的な城へたどり着くと、澪は異世界からきた人間として生贄にされてしまう。しかし、龍の皇帝・浩然はそれを許さず「俺の妃になればいい」と、居場所のない澪を必要としてくれて――。ある事情でどの妃にも興味を示さなかった浩然と、人の心を読める異能を持ち孤独だった澪は互いに惹かれ合うが…生贄を廻る陰謀に巻き込まれ――。海中を舞台にした、龍神皇帝と異能妃の後宮恋慕ファンタジー。

ISBN978-4-8137-1313-5／定価671円（本体610円+税10%）

スターツ出版文庫　好評発売中!!

『わたしを変えた夏』

普通すぎる自分がいやで死にたいわたし（『だれか教えて、生きる意味を』汐見夏衛）、部活の人間関係に悩み大好きな吹奏楽を辞めた絃葉（『ラジオネーム、いつかの私へ』六畳のえる）、友達がいると妹に嘘をつき家を飛び出した僕（『あの夏、君が僕を呼んでくれたから』栗世凛）、両親を亡くし、大雨が苦手な葵（『雨と向日葵』麻沢奏）、あることが原因で人間関係を回避してきた理人（『線香花火を見るたび、君のことを思い出す』春田モカ）。さまざまな登場人物が自分の殻をやぶり、一歩踏み出していく姿に心救われる一冊。

ISBN978-4-8137-1301-2／定価704円（本体640円+税10%）

『きみと僕の５日間の余命日記』　小春りん・著

映画好きの日也は、短編動画を作りSNSに投稿していたが、クラスでバカにされ、孤立していた。ある日の放課後、校舎で日記を拾う。その日記には、未来の日付とクラスメイトの美女・真昼と出会う内容が書かれていた――。そして目の前に真昼が現れる。まさかと思いながらも日記に書かれた出来事が実際に起こるかどうか真昼と検証していくことに。しかし、その日記の最後のページには、５日後に真昼が死ぬ内容が記されていて…。余命×期限付きの純愛ストーリー。

ISBN978-4-8137-1298-5／定価671円（本体610円+税10%）

『夜叉の鬼神と身籠り政略結婚四～夜叉姫の極秘出産～』　沖田弥子・著

夜叉姫として生まれ、鬼神・春馬の花嫁となった凛。政略結婚なのが嘘のように愛し愛され、幸せの真っ只中にいた。けれど凛が懐妊したことでお腹の子を狙うあやかしに襲われ、春馬が負傷。さらに、春馬ともお腹の子の性別をめぐってすれ違ってしまい…。春馬のそばにいるのが苦しくなった凛は、無事出産を迎えるまで、彼の知らない場所で身を隠すことを決意する。そんな中、夜叉姫を奪おうと他の鬼神の魔の手が伸びてきて…⁉鬼神と夜叉姫のシンデレラストーリー完結編！

ISBN978-4-8137-1299-2／定価660円（本体600円+税10%）

『後宮の生贄妃と鳳凰神の契り』　唐澤和希・著

家族に虐げられて育った少女・江瑛琳。ある日、瀕死の状態で倒れていた青年・悠炎を助け、ふたりの運命は動き出す。彼は、やがて強さと美しさを兼ね備えた国随一の武官に。瑛琳は悠炎を密かに慕っていたが、皇帝の命により、後宮の生贄妃に選ばれてしまい…。悠炎を想いながらも身を捧げることを決心した瑛琳だが、神の国にいたのは偽の鳳凰神で…。そんなとき「俺以外の男に絶対に渡さない」と瑛琳を迎えに来てくれたのは真の鳳凰神・悠炎だった――。生贄シンデレラ後宮譚。

ISBN978-4-8137-1300-5／定価638円（本体580円+税10%）

書店店頭にご希望の本がない場合は、書店にてご注文いただけます。

スターツ出版文庫

by ノベマ！

小説コンテストを
毎月開催！
新人作家も続々デビュー。

作家大募集

作品は、累計765万部突破の
「スターツ出版文庫」から
書籍化。

https://novema.jp/starts